国学经典丛书

名家注评本

陶渊明诗文选集

[晋] 陶渊明 著

杨义 邵宁宁 注评

长江文艺出版传媒

长江文艺出版社

图书在版编目（CIP）数据

陶渊明诗文选集 /（晋）陶渊明著；杨义，邵宁宁
注评. -- 武汉：长江文艺出版社，2019.6（2023.9 重印）
（国学经典丛书. 第二辑）
ISBN 978-7-5702-0426-7

Ⅰ. ①陶… Ⅱ. ①陶… ②杨… ③邵… Ⅲ. ①古典诗
歌－诗集－中国－东晋时代②古典散文－散文集－中国－
东晋时代 Ⅳ. ①I213.722

中国版本图书馆 CIP 数据核字（2018）第 102147 号

责任编辑：梅若冰　　　　　　　　　责任校对：毛季慧
封面设计：新华智品　　　　　　　　责任印制：邱　莉　　王光兴

出版：长江出版传媒　　长江文艺出版社
地址：武汉市雄楚大街 268 号　　　　邮编：430070
发行：长江文艺出版社
http://www.cjlap.com
印刷：三河市百盛印装有限公司

开本：880 毫米×1230 毫米　　1/32　　印张：7.125
版次：2019 年 6 月第 1 版　　　　2023 年 9 月第 2 次印刷
字数：157 千字

定价：68.00 元

总　序

郭齐勇　武汉大学国学院院长

　　国学大师钱穆先生曾说"今人率言'革新'，然革新固当知旧"。对现代人尤其是青年一代来说，缺乏的也许不是所谓的"革新力量"，而是"知旧"，也即对传统的了解。

　　中国文化传统的源头，都在中国古代经典当中。从先秦的《诗经》《易经》，晚周诸子，前四史与《资治通鉴》，骚体诗、汉乐府和辞赋，六朝骈文，直到唐诗、宋词、元曲和明清小说，在传统经典这条源远流长的巨川大河中，流淌着多少滋养着我们精神的养分和元气！

　　《说文解字》上说"经"是一种有条不紊的编织排列，《广韵》上说"典"是一种法、一种规则。经与典交织运作，演绎中国文化的风貌，制约着我们的日常行为规范、生活秩序。中国文化的基调，总体上是倾向于人间的，是关心人生、参与人生、反映人生的，当然也是指导人生的。无论是春秋战国的诸子哲学，汉魏各家的传经事业，韩柳欧苏的道德文章，程朱陆王的心性义理；还是先民传唱的诗歌，屈原的忧患行吟，都洋溢着强烈的平民性格、人伦大爱、家国情怀、理想境界。尤其是四书五经，更是中国人的常经、常道。这些对当下中国人治国理政，建构健康人格，铸造民族精魂都具有重要意义。经典是当代人增长生命智慧的源头活水！

长江文艺出版社历来重视中华民族优秀传统文化的传播及普及，近年来更在阐释传统经典、传承核心文化价值，建构文化认同的大纛下努力向中国古典文化的宝库掘进。他们欲推出《国学经典丛书》，殊为可喜。

怎么样推广这些传统文化经典呢？

古代经典和现代读者的阅读习惯及趣味本来有一定差距，如果再板起面孔、高高在上，只会让现代读者望而生畏。当然，经典也不是任人打扮的小姑娘，一味将它鸡汤化、庸俗化、功利化，也会让它变味。最好的办法就是，既忠实于经典的原汁原味，又方便读者读懂经典，易于接受。在这个原则的指导下，《国学经典丛书》首先是以原典为主，尊重原典，呈现原典。同时又照顾现实需要，为现代读者阅读经典扫除障碍，对经典作必要的字词义的疏通。这些必要精到的疏通，给了现代读者一把迈入经典大门的钥匙，开启了现代读者与古圣先贤神交的窗口。

放眼当下出版界，传统文化出版物鱼目混珠、泥沙俱下，诸多出版商打着传承古典文化的旗号，曲解经典，对现代读者尤其是广大青少年认知传承经典起了误导作用。有鉴于此，长江文艺出版社推出的《国学经典丛书》特别注重版本的选取。这套丛书大多数择取了当前国内已经出版过的优秀版本，是请相关领域的名家、专业人士重新梳理的。这些版本在尊重原典的前提下同时兼顾其普及性，希望读者能有一次轻松愉悦的古典之旅。

种种原因，这套丛书必然会有缺点和疏漏，祈望方家指正。

前　言

在中国，陶渊明几乎是一个家喻户晓的名字。凡是有中学学历的人，都读过他的《桃花源记》，知道他是我国历史上著名的诗人、隐士，田园文学的奠基者。有人或许还能吟得出他的一两句诗，如"采菊东篱下，悠然见南山"之类，讲得出他"不为五斗米折腰"的故事。但要再进一步对他说点什么，除非有过专门研究，人们往往就不甚了了。从上面举出的脍炙人口的诗句，我们也可以看出他在中国文化中的突出地位。陶渊明诗的价值，植根于诗而超越了诗，它实际上代表着一种文化，一种采菊东篱、安逸田园、清风明月的文化。

陶渊明，字元亮。一说名潜，字渊明。私谥靖节。东晋浔阳柴桑（今江西九江）人。曾祖陶侃，曾做过晋朝的大司马，封长沙郡公。祖父、父亲都做过太守。但在陶渊明的少年时代，家族的显赫已成为历史。就连日常生活所需，有时也都发生了困难。从很年轻的时候起，陶渊明思想就徘徊在仕与隐之间。所以他后来回顾这段生活，时而说"忆我少壮时，无乐自欣豫。猛志逸四海，骞翮思远翥"，时而说"少无适俗韵，性本爱丘山"。但总的看来，他是不怎么喜欢做官的。二十九岁那年，他曾一度做过江州祭酒的小官，但很快就因"不堪吏职"而自动辞职。此后一直在家隐居，直到中年以后，迫于生计又一度出门任职。他先后在荆州刺史桓玄、镇军将军刘裕、建威将军刘敬宣等人的幕府中担任僚佐，目睹了当时政治斗争的实况。因不喜官场酬酢，又不堪行役之苦，他又请求到地方任职，四十一岁做了彭泽令，但在官只八十多天，就又主动辞职回家了。陶渊明一生最重大的事件，莫过于他这一次的辞官归隐。这件事被记载在萧统的《陶渊明传》里，因而对后世影响极大。

> 岁终，会郡遣督邮至，县吏请曰："应束带见之。"渊明叹曰："我岂能为五斗米，折腰向乡里小儿！"即日解绶去职，赋《归去来》。征著作郎，不就。

这件事，很能体现他的性格，也很能体现他的文化立场。后世推崇陶渊明的人，多半只记住了"不为五斗米折腰"，而忽略了那后半句。按萧统的说法，陶渊明不肯做官的政治原因，在于"自以曾祖晋世宰辅，耻复屈身后代，自宋高祖王业渐隆，不复肯仕"。这说法是否道出了陶渊明辞官的隐衷，还须研究。但从文化立场上看，说陶渊明是既有淳朴自适的自然质性，又颇有些孤傲的精神贵族气的人，大约不会有什么问题。陶渊明生活在崇尚名士气度的魏晋时期，他能说出这样的话来，也可以说是时代精神使然。从中国社会精神的发展看，这正是所谓"人的觉醒"的时期，"觉醒"了的人，不再只满足于物质生活的欲求，而更注重精神和意志的自由，因而言语行止，往往都不免有一些惊世骇俗的地方。陶渊明的人生姿态，看上去很平和，但骨子里却透出一种孤傲。认识这一点，对于了解陶渊明的诗文意趣，至关重要。他的诗中最为人称道的句子自然是"采菊东篱下"，但在这种冲淡飘然的姿态之外，他其实还有另一种更体现人生意气的东西，那就是所谓"啸傲东轩下"。陶渊明的爱菊，是素所闻名的，但他同样爱松，所谓"青松在东园，众草没其姿。凝霜殄异类，卓然见高枝"，咏的虽是孤松，但说是他的夫子自道，也未尝不可。他的品格，是松、菊合品，菊是其姿，松是其骨，是风清骨峻的一流人物。

虽然说陶渊明的隐居不仕可能包含不满当时政治的因素，但他对农村生活的喜爱却也具有发自内心的真实。从根本上说，这与汉代以来田园经济的发展有着很大的关系。陶渊明的田园诗给人一个很深的印象，就是人与自然，尤其是与田园劳动之间的那种亲和关系。在他的笔下，农村生活的环境——山川草木，村庄院落，是美好的："方宅十余亩，草屋八九间。榆柳荫后檐，桃李罗堂前。暧暧远人村，依依墟里烟。狗吠深巷中，鸡鸣桑树颠"；劳动本身也是美好的："种豆南山下，草盛豆苗稀。晨兴理荒秽，戴月荷锄归"；人与人的关系是美好的："过门更相呼，有酒斟酌之。农务各自归，闲暇辄相思"；就连让人感觉难堪的"乞食"，似乎也都闪现出一种人性的光辉。

如果说陶渊明过分美化了农村生活，这并不公平，因为正是在他的诗中，我们读到了许多对于贫寒情状的真切描绘。与后来许多田园诗人不同，陶渊明真正懂得什么叫贫困，他也不讳言这种贫困，问题只在于，他的精神并没有被这贫困压倒。他的贫困在于物质，他的富裕在于精神。即便在饥寒之中，他也能坚持自己的精神上的独立。在固穷守节这一点上，他其实是深受传统思想影响的。他的精神导师，融合着庄子和孔子。在他的诗集中，专门有一组诗"咏贫士"，在其他作品中，我们也随时都可以看到他对长沮、桀溺一类人物的追慕之情，甚至可以说，他有一种"沮溺情结"。然而，从根本说，陶渊明还是渴望着世间能出现孔子那样的人物，对于世人的"终日驰车走，不见所问津"，他深怀不满，却又无可奈何，自己也只能以固穷守节来自我宽慰，这是陶渊明的悲剧，也是他的时代的悲剧。

陶渊明的时代，正是佛教风行中国之时，士人中谈玄的风气也很盛。陶渊明的朋友中就有人隐居庐山，与高僧慧远共结白莲社，并曾写信招请陶渊明入山。但陶渊明却不为所动，对于生命，他是有着自己的思考的。除《形影神》《拟挽歌辞》《自祭文》这类直面人生终极问题的作品外，他的诗集中另外的许多作品也都涉及这一问题。可以看出，他并不相信什么超现实的未来世界，他的人生志趣，始终是与世俗生活结合在一起的。他的处世哲学中写着"平常心"。我们在他的诗里常常会读到一些有关饮酒的描写，《读山海经》第五首说"在世无所须，惟酒与长年"，《拟挽歌辞》第一首说"但恨在世时，饮酒不得足"，诗集中篇目最多的一组诗，也被命名为《饮酒》。前两处的说法，幽默中也寓含着"深味"。与松菊一样，酒代表了他人生精神的一个重要方面，这就是他对现世生活欢乐的迷恋，一种微醺自得的迷恋。他的许多诗都是这种微醺自得心态的表现。松、菊、酒，构成了陶渊明人生境界的三个维度。

陶渊明的诗歌风格，素称冲淡平和，他的散文与辞赋也独具一种朴素自然的情致。他的影响，在六朝时期似乎还不够鲜明，尽管钟嵘在其《诗品》中称他"古今隐逸诗人之宗"，但仍未将他列入当时一流诗人的行列。到唐代以后，随着山水田园诗的兴盛，他的影响也越来越突出。清人沈德潜在其《说诗晬语》中称他是"六朝第一流人物，其诗自能旷世独立"，称其诗"不可及处，在真在厚"，评述他对唐诗的影响，又有这样一段话："陶诗胸次浩然，其有一段渊深朴茂不可到处。唐人祖述者，王右丞（维）有其清腴，孟山人（浩然）有其闲远，储太祝（光羲）有其朴实，韦左司（应物）有其冲和，柳仪曹（宗元）有其峻洁，皆学陶焉而得其性之所近。"这还是就山水田园诗内部立论，其实，唐以来的大诗人，如李白、杜甫、白居易、苏轼、陆游，无不表示对陶渊明的钦敬，而在艺术创作和人生态度上受到他深深的影响。苏轼以下，历代和陶的诗更是多至近千首，在整个中国文学史上都形成了一种独特的现象。直到近现代，还有不少作家从他的创作中汲取营养。陶诗文化代表着温润清逸的自然风、田野风，在历代燥热的或刻板的主流文化之旁，给人们的心灵带来几分舒适和自由。

陶渊明的诗文集，历代曾刻印过多种，版本异文不少。我们这里依据的主要是今人袁行霈的《陶渊明集笺注》（中华书局2003年版），但在个别地方，也参考其他通行版本，做了适当的调整。

目　录

国
学
经
典
丛
书
第
二
辑

停云 并序

　　停云①，思亲友也。樽湛新醪②，园列初荣③，愿言不从④，叹息弥襟⑤。

　　　　靄靄停云⑥，濛濛时雨⑦。
　　　　八表同昏⑧，平路伊阻⑨。
　　　　静寄东轩⑩，春醪独抚⑪。
　　　　良朋悠邈⑫，搔首延伫⑬。

　　　　停云靄靄，时雨濛濛。
　　　　八表同昏，平陆成江⑭。
　　　　有酒有酒，闲饮东窗。
　　　　愿言怀人，舟车靡从⑮。

　　　　东园之树，枝条载荣⑯。
　　　　竞用新好⑰，以怡余情⑱。
　　　　人亦有言⑲，日月于征⑳。

安得促席㉑，说彼平生㉒。

翩翩飞鸟㉓，息我庭柯㉔。
敛翮闲止㉕，好声相和㉖。
岂无他人㉗，念子实多。
愿言不获㉘，抱恨如何。

【注释】

①停云：天空中滞留的云絮。

②樽湛新醪：酒杯中斟满新酿的酒浆。湛（zhàn）：盈满。醪（láo）：浊酒。

③园列：园中生长的植物。初荣：刚开花。

④愿：思念。言：语气助词。不从：不遂，不如愿。

⑤弥襟：满怀。

⑥霭霭：云气密结的样子。

⑦濛濛：细雨貌。时雨：按节令降下雨水。

⑧八表：八方之外。指整个天地之间。昏：昏暗。

⑨平路：平坦的道路。伊阻：阻塞。伊：语气助词。

⑩寄：寄身，居住。东轩：东窗。

⑪抚：持。

⑫良朋：好友。悠邈：遥远。

⑬搔首：挠头，烦扰的样子。延伫：长时间地站立。

⑭平陆成江：平地成为江河。

⑮靡：无。

⑯载荣：开始变得茂密。

⑰竞用新好：东园之树竞相以新枝的美好愉悦我的心情。

⑱怡：愉悦。

⑲人亦有言：人们常说。

⑳日月于征：岁月总在行进。于：助词，无义。征：行进。

㉑促席：挨近坐席。

㉒说彼平生：叙说平生志事。

㉓翩翩：鸟儿轻飞的样子。

㉔息：停栖。庭柯：庭院中的树枝。

㉕敛翮：收起翅膀。闲：悠闲。止：语气助词。

㉖和：应和。

㉗他人：其他人。

㉘不获：不从。

【串讲】

诗前小序说：

《停云》，为思念亲友而作。樽中斟满了新酿的酒浆，园里的草木刚刚开花，想见远方的亲友而不得，只有满怀伤感叹息不已。

全诗大意如下：

霭霭阴云，濛濛春雨，天地一片昏黑，平坦的道路也变得阻塞。静静地坐在东窗下，独自端着一杯春酒，想起好朋友都在远方，不禁久久地搔首伫立。

霭霭阴云，濛濛春雨，天地一片昏黑，平地成为江河。有酒啊有酒，东窗下随意饮几杯，想念远方的亲友，车船都无法交通。

东园之树的枝条开始变得茂密，争着以新生的美好愉悦我。人们常说，岁月在不停地流逝，怎么能够促席交谈，让我们叙说各自的平生？

翩翩的飞鸟，停在院中的枝头，收起翅膀多么悠闲自得，悦耳的鸣声相互应和。难道就没有别人可以交接？只是特别想念你。见你的心愿无法实现，让人感觉多么遗憾！

【点评】

这是一个春雨绵绵的季节，陶渊明在他的家中想念着远方的亲友。昏黑的天色，泥泞的道路，让他们的距离变得格外遥远。独坐东窗下，自斟自饮着家酿的春酒，陶渊明的心绪宁静而悠远。思念着亲友，伫望着远方，天地的昏暗更显出了东窗下这一片小天地的安逸。陶渊明对外面的世界一向没有多少好感，"八表同昏，平陆成江"，更增加了他对外面的亲友的牵挂。看看自己的院中，随着春天的脚步，树木变得越来越繁茂喜人，这让他想起人们常说的"日月于征"的老话，从人生的短促想到了亲友聚会的欢畅。枝头小鸟的和鸣，又让他想到朋友间的同声相应，那一份思念之情不觉间变得更加浓烈。《停云》一诗，境界深远广大，情意淳厚真挚，语言简洁自然，很能体现陶渊明四言诗的特点。以"停云"起兴，诗前有序，显然源自《诗经》，但以停云思亲友，已具备了由兴象向意象过渡的特点。

"停云"是停止不动的云，停云与浮云相对，浮云轻飘远逝，停云驻足待人，情思缱绻。在这里人与云发生了移情效应。停云的意象来自《列子·汤问篇》："薛谭学讴于秦青，未穷青之技，自谓尽之，遂辞归。秦青弗止。饯于郊衢，抚节悲歌，声振林木，响遏行云。薛谭乃谢求反，终身不敢言归。"秦青唱起悲歌，高亢优美，歌声振动林木，音响使行云驻足倾听，形成"停云"。这里停云与歌声情感相通。因在陶渊明《停云》诗中，以停云的意象比喻思念亲友的心情，后世也就多用来作为思念亲友的用语。如明代顾大典《青衫记》第十出中就说："乍离省闱，能无恋阙之心，远别朋侪，未免停云之想。"

形影神三首 并序

　　贵贱贤愚，莫不营营以惜生①，斯甚惑焉②；故极陈形影之苦言③，神辨自然以释之④。好事君子⑤，共取其心焉⑥。

陶渊明诗文选集

【注释】

①营营：往来忙碌的样子。惜生：珍惜生命。

②斯：这，指这样的生活态度。惑：惑乱，不明。

③极陈：详细地陈说。形：形体。影：影子。苦：苦痛。

④神：精神，灵魂。辨：明察。自然：自然之道。释：解除。

⑤好事君子：关心这类事的人。

⑥取：采纳，接受。其心：它的内在道理。

【串讲】

《形影神》是陶渊明集中表达有关生命问题的思考的三首诗作，诗前小序说：

　　无论贵贱贤愚，没有人不劳劳碌碌以珍惜自己的生命，这样的生活态度实在有点不明事理。所以我要在这里详细地陈说"形""影"的痛苦，借"神"对自然之理的辨析来为他们解除困扰。关心这类事的人，可以一道获知这种道理。

形赠影

天地长不没①，山川无改时。

草木得常理②，霜露荣悴之③。

谓人最灵智④，独复不如兹⑤。

适见在世中⑥，奄去靡归期⑦。

奚觉无一人⑧，亲识岂相思！

但余平生物，举目情凄洏⑨。

我无腾化术⑩，必尔不复疑⑪。

愿君取吾言⑫，得酒莫苟辞⑬。

【注释】

①没：消失。

②常理：自然之道，也即存在之道。

③荣：开花。悴：凋残，枯萎。

④灵智：聪明睿智。

⑤兹：此，指草木。

⑥适见：才见。

⑦奄去：忽然逝去。靡：无。

⑧奚：怎么。

⑨洏（ér）：流泪的样子。

⑩腾化术：成仙升天的方术。

⑪必尔：一定如此。

⑫君：指影。

⑬苟：随便。

【串讲】

《形赠影》一首，是"形"对"影"所说的话：

天地永远不会消失，山川永远不会改变；草木顺应着自然之道，霜冻和雨露或使它繁盛，或使它凋谢。人们常说人是最聪明睿智的，反而不能如它们一样长存于世。刚才还见他活在世上，忽然就逝去永无归期。怎么突然之间就少了一个人，亲戚熟人怎能不把他思念？只剩下生平所用的东西在那里，抬头望见让人伤心流泪。我没有成仙升天的法术，最终也会是这样，没有什么可疑。但愿您能接受我的劝告，有酒就喝，莫要随随便便放过好时机。

【点评】

假设形影神的对话，展开对生命意义与生存方式的思索，这主题可够严肃的。陶渊明的生存态度，在于任性自然，但他也曾有对于生死的惘然和由之而生的低迷情绪。形影神的对话，其实就是他思想中内在矛盾的展开。《形赠影》一开始，就以天地山川的长存，草木的荣枯，对照人生的短促，直面死亡这一生命存在的终极现实，表现出一种无可奈何的感伤意绪。对此，"形"的态度是，"愿君取吾言，得酒莫苟辞"，以遁入醉乡的欢乐和沉醉，逃避生命的无常这一难以解决的问题。"形"所伤者，在身体的消失，故而这首诗中写得最动人的，就是人死后所留下的那种空缺感，那种"但余平生物，举目情凄洏"的情形。

汉末魏晋诗人在乱世中咀嚼着自己的生命。《古诗十九首》里说："人生天地间，忽如远行客"；"人生非金石，岂能长寿考"；"生年不满百，常怀千岁忧"。曹植《杂诗六首》之一已从形影上关切生命，其诗云："形影忽不见，翩翩伤我心。"其四又说："南国有佳人，容华若桃李。朝游江北岸，夕宿潇湘沚。时俗薄朱颜，谁为发皓齿。俯仰岁将暮，荣耀难久恃。"西晋初年傅玄《杂诗》也忧郁地思考形与影："志士惜日短，愁人知夜长。……玄景随形运，流响归空房。"魏晋以降，人的生命忧患意识愈益浓郁，反复思考形与影，陶渊明的诗作正回应着这个时代的主题。

影答形

存生不可言①，卫生每苦拙②；

诚愿游昆华③，邈然兹道绝④。

与子相遇来⑤，未尝异悲悦⑥。

憩荫若暂乖⑦，止日终不别⑧。

此同既难常⑨，黯尔俱时灭⑩。

身没名亦尽，念之五情热⑪。

立善有遗爱⑫，胡为不自竭⑬？

酒云能消忧，方此讵不劣⑭。

【注释】

①存生：保存生命，使长生不老。

②卫生：护卫生命，保持健康。每苦：常恨。拙：笨，无方。

③昆华：昆仑山和华山，皆是仙人居住的地方。

④邈然：遥远的样子。兹道：求仙之路。

⑤子：你，指"形"。

⑥未尝：未曾。异悲悦：有悲喜的不同。

⑦憩荫：休息于树荫之下。乖：背离。

⑧止日：停留在日光下。终：始终，永远。

⑨此同：指形影不离。

⑩黯尔：黯然。俱时灭：同时消亡。

⑪五情：喜怒哀乐怨。

⑫立善：做好事。遗爱：留给后人的爱。

⑬胡为：为何。竭：努力。

⑭方此：与此相比。讵：岂。劣：低劣。

【串讲】

长生不老既无从去说，保持健康也常苦无方，确实想去昆仑、华山求仙问道，但仙境的道路渺远难通。自从和您相遇以来，我们的喜怒哀乐未曾有过差异。在树荫下休息时，好像暂时分开了，一走到日光下，又是形影不离。这种形影不离的情形既然不能永远保持，终归有一天，我们会一同黯然消失。身体消失声名也会跟着消失，想到这一点，就止不住心中的激动。多做好事给后人留下你的爱，为什么不尽心竭力多做这样的事？虽说酒能消解人的忧愁，但与此相比难道还不是有点拙劣？

【点评】

在《形赠影》中，陶渊明已借"形"之口，表达了对长生之术的一种看法，《影答形》一首，正面由此展开，指出长生求仙之术的渺茫和死亡的不可避免。与"形"所注意的，主要在身体消失后所留下的空缺不同，"影"所不能忘怀的，主要是"名"的湮没。对一个人的存在来说，声名正像是与"影"一样的东西，但与"形影""憩荫若暂乖，止日终不别"的情形略有不同的是，"名"可以随着身亡而尽，也可以因"立善"而留存。身死名留，这看上去似乎是一种比及时行乐的饮酒，更易接近永恒的东西，"影"所固持的就是这么一种意见。

形体追求及时行乐，影子追求身后留名，这不正是许多世间众生的普遍期许吗？《论语·卫灵公篇》孔子说："君子疾没世而名不称焉。"屈原《离骚》说："忽驰骛以追逐兮，非余心之所急。老冉冉其将至兮，恐修名之不立。"从孔子到屈子，无不以身后的美名是慕。司马迁考察了历代人物的遭遇后，在《报任安书》中说："自古富贵，其名磨灭不可胜纪。"因此，在《史记·伯夷列传》强调时势造英雄的关键作用后又说："君子疾没世而名不称焉。贾子曰：'贪夫徇财，烈士徇名，夸者死权，众庶冯生。'……伯夷、叔齐虽贤，得夫子而名益彰。颜渊虽笃学，附骥尾而行益显。岩穴之士，趋舍有时若此，类名湮灭而不称，悲夫！闾巷之人，欲砥行立名者，非附青云之士，恶能施于后世哉！"影子想借身后留名，超越形体生命有限性的悲哀，正是这一思路的表现。

神　释

大钧无私力①，万物自森著②。

人为三才中③，岂不以我故。

与君虽异物，生而相依附。

结托善恶同④，安得不相语。

三皇大圣人⑤，今复在何处？

彭祖寿永年⑥，欲留不得住。

老少同一死，贤愚无复数⑦。

日醉或能忘⑧，将非促龄具⑨！

立善常所欣，谁当为汝誉⑩？

甚念伤吾生，正宜委运去^⑪。

纵浪大化中^⑫，不喜亦不惧。

应尽便须尽，无复独多虑。

【注释】

①大钧：造化，自然。

②森著：繁盛显露。

③三才：天、地、人。

④结托：结体，托身。善恶同：神与形影同善同恶。

⑤三皇：传说中的上古帝王。具体所指说法不一。有天皇、地皇、人皇说，有伏羲、神农、女娲说等多种。

⑥彭祖：传说中的最长寿的人，享寿八百岁。永年：长生不老。

⑦数：分辨。

⑧日醉：每天醉酒。

⑨将非：岂非。促龄：促使寿命减少的。具：东西。

⑩谁当为汝誉：谁来赞美你呢。

⑪正宜：正当。委运：听凭天命。

⑫纵浪：放浪。大化：自然。

【串讲】

自然造化没有什么私心，天地万物只是自然而然地森然显现。唯独人能处在天、地、人三才之中，这难道不是因为有了我的缘故？虽说和你们是不同的东西，但我们生来就相互依附。结托一体，善恶相同，怎能不对你们说一说这道理。三皇都是有名的大圣人，他们今天又在哪里？彭祖的寿命像是能长生不老，但大限到时想留也留不住。年老也罢，年少也罢，一样都是死，聪明也罢，愚蠢也罢，也没有什么分别。每天醉酒或许能够忘记这一切，但酒难道不正是促使寿命减少的东西？做好事常常让人高兴，但在死亡面前谁又能赞美你呢？过多地想这一切恰好会损害我们的生命，正确的态度应该是顺随自然的运行。放浪生命到大化之中，不因生而欣喜，也不为死而忧惧。到完结时就让它完结，不必再为此过多地顾虑。

【点评】

《形影神》三首虽是五言诗，但在结构上，所采用的却是汉赋的设为主客问答的形式。把赋的方式化为诗的方式，创造了谈玄论道的哲理诗。在组诗中，"形""影"都是宾，"神"的解说才是主。从语源学上说，"神"是一个会意字，从示申。"申"是天空中的闪电形，古人以为闪电变化莫测，威力无穷，故称之为神。《周易·说卦》说："神也者，妙万物而为言者也。"神的本义指的是神灵，内化为人的精气神。形、影、神的对话结构所达到的，就是一种欲抑先扬，欲擒故纵的效果。就论辩的角度说，"形"、"影"的陈说，皆是反题，《神释》才是正题。这首诗一开始就从自然大化的运行说起，揭出死亡的自然性和必然性，批评"醉酒"说和"立善"说的愚痴，最终提出"纵浪大化"，任性自然的正面见解。这是与《庄子·大宗师》"同于大通"，"化则无常"的思想一脉相通的。就对生命意义的思考而言，这算是结束了，问题是否最终得到了解决，不同的人可能有不同的看法，这是一个永远也不会有完结的话题。把生命的存在分为形、影、神三种形态，使之相互对话，表达着各自的欲望、追求和境界，在驳难、质疑和解释中把对生命的理解推向新的层次。奇特的想象，展示了对生命的关怀、困惑和省悟，是"人的觉醒"这个时代母题的诗的表达。对于读这三首诗来说，值得注意的，除了陶渊明的达观，也许还有他的幽默——那种即便在生死这样的大问题上也显露出来的精神的宽松与余裕。也许，这才是三首诗中最迷人的东西。

九日闲居 并序

　　余闲居，爱重九之名①。秋菊盈园②，而持醪靡由③，空服其华④，寄怀于言⑤。

世短意恒多⑥，斯人乐久生⑦。
日月依辰至⑧，举俗爱其名⑨。
露凄暄风息⑩，气澈天象明⑪。
往燕无遗影，来雁有余声。
酒能祛百虑⑫，菊为制颓龄⑬。
如何蓬庐士⑭，空视时运倾⑮。
尘爵耻虚罍⑯，寒华徒自荣⑰；
敛襟独闲谣⑱，缅焉起深情⑲。
栖迟固多娱⑳，淹留岂无成㉑。

【注释】

①重九：农历九月九日，重阳节。民间传统有于此日饮菊花酒的习俗。

②盈：满。

③持：把。醪：浊酒。靡由：无方，没有办法。"持醪靡由"是说无

酒可饮。

④服：持。华：同"花"。

⑤寄怀：寄托怀抱。

⑥世短：人生短促。意：愿望。恒：常。

⑦斯：则，就，因此。乐久生：以长寿为乐。

⑧依辰：按时。

⑨举俗：整个社会。爱其名：都喜欢重九这个节名。九月九日，日月都逢九，旧时风俗认为九是阳数，故称重阳。魏文帝《九月九日与钟繇书》："岁往月来，忽复九月九日。九为阳数，而日月并应，俗嘉其名，以为宜于长久。"

⑩凄：寒凉。暄风：暖风。

⑪澈：清澈。天象：天空的景象。

⑫祛：去除，消解。

⑬菊为制颓龄：菊花能延年益寿，阻止人的衰老。

⑭蓬庐士：贫寒之士。

⑮时运：时令运行。倾：尽。

⑯尘爵：积尘的酒杯。爵：酒杯。虚罍：空酒壶。罍：酒壶。这句意本《诗·小雅·蓼莪》："瓶之罄矣，维罍之耻。"原意是说：父母饮水的瓶空了，是因为罍中无水，这是多么可羞的事。这里的意思是说，面对着积尘的酒杯和空空的酒壶，感觉有些羞愧。

⑰寒华：指菊花。徒：徒然。荣：开花。

⑱敛襟：整一整衣襟。闲谣：悠然作歌。

⑲缅焉：怀想的样子。

⑳栖迟：游息。娱：快乐。

㉑淹留：滞留，久留。岂无成：难道就没有成就吗？

【串讲】

诗前小序说：

我闲居在家，喜欢重九的节名。秋菊满园，却无酒可饮，空自拿着一把菊花，只能寄托感慨在这首诗里。

诗句大意是：

人生短促，却总是有很多愿望，人人都喜欢长寿。重阳节按着时序又到了，整个社会都喜欢这个节名。露水寒凉，暖风停息，空气清澈，天空明净。飞向南方的燕子不见了踪影，从北边飞来的大雁也只留下了鸣声。重阳节饮酒可以消去种种忧愁，服菊能阻止人的衰老。怎奈隐居草庐的寒士，只能空看着好时节就这样过去。积尘的酒杯和空空的酒壶让人感觉羞愧，菊花也只能让它白白地开着。整一整衣襟独自悠然作歌，深情怀想，心绪飘向遥远的地方。隐居生活已然有很多的乐趣，我长久地待在这个地方，难道就没有一点收获吗？

【点评】

《周易》以"九"为阳数，九月九日，两九相重，故曰重阳。重阳节，起源于战国时期，魏晋时期重阳气氛日渐浓郁，到了唐代被正式定为民间的节日，此后历代沿用至今。节日民俗有登高、赏菊、饮菊花酒、插茱萸等。《西京杂记》卷三汉高祖戚夫人侍儿贾佩兰讲述宫中风俗："九月九日，佩茱萸，食蓬饵，饮菊花酒，云令人长寿。菊华舒时，并采茎叶杂黍米酿之，至来年九月九日始熟，就饮焉，故谓之菊华酒。"唐代王维《九月九日忆山东兄弟（时年十七）》诗云："独在异乡为异客，每逢佳节倍思亲。遥知兄弟登高处，遍插茱萸少一人。"陶渊明《九日闲居》诗吟咏的就是这个节日。

一年一度的重阳节又到了，闲居在家的陶渊明因为家贫，竟连按风俗饮一壶菊花酒的可能都没有，这不禁使他想到了人生的愿望，想到自己隐居生活的得失。人生总是有很多的愿望，但在短促的一生中能实现的愿望又有几桩？于是人人都想长寿。重阳节饮菊花酒的风俗，就含有求取长寿的意思，在此点上，陶渊明并未能够免俗，在另一首诗中他就说过："在世无所须，惟酒与长年。"（《读山海经（其五）》）。重阳节而无酒可饮，这怎能不使他怅然。"酒能祛百虑，菊为制颓龄"，这是饮菊花酒的本意，但如果因无酒可饮而不快乐，岂不是颠倒了这爱惜人生的本意？陶渊明真爱的，其实是人生的欢乐，这欢乐对他来说并不在繁华热闹处，而在任性随意的生命体验。就算在重阳节，他所爱的又何尝只是饮菊花酒，若没有"露凄暄风息，气澈天象明。往燕无遗影，来雁有余声"的情境，没有"重九"这个名目的象征含义，只是饮酒又有何意味？一方面为自己的贫穷而惭愧，另一方面又为隐居生活保存了生命的真意而快乐，《九日闲居》所表现的，就是这样一种复杂而真实的心情。

归园田居五首

其一

少无适俗韵^①，性本爱丘山。

误落尘网中^②，一去十三年。

羁鸟恋旧林^③，池鱼思故渊^④。

开荒南野际，守拙归园田^⑤。

方宅十余亩^⑥，草屋八九间。

榆柳荫后檐，桃李罗堂前^⑦。

暧暧远人村^⑧，依依墟里烟^⑨。

狗吠深巷中，鸡鸣桑树颠^⑩。

户庭无尘杂^⑪，虚室有余闲^⑫。

久在樊笼里^⑬，复得返自然。

【注释】

①适俗韵：适应世俗的性情。韵：气质，性情。

②尘网：世尘之网。指世俗社会的复杂关系。

③羁鸟：被关在笼子里的鸟。

④渊：水潭。

⑤守拙：保持自然性情的淳朴。与取巧相对。

⑥方：方圆。宅：宅地。

⑦罗：排列。

⑧暧暧：迷蒙的样子。

⑨依依：轻柔的样子。墟里：村落。

⑩颠：顶。

⑪尘杂：尘土、杂物。

⑫虚室：空空的房子。这里是暗用《庄子》中的典故，喻心境之空灵。《庄子·人间世》："虚室生白，吉祥止止。"陆德明《经典释文》引司马彪注："室，比喻心，心能空虚，则纯白独生也。"内心里腾空了杂念，明亮的阳光就会射入其中。

⑬樊笼：关鸟兽的笼子。

【串讲】

我从小就缺少顺应世俗的气质，生性喜欢山陵自然，不料误落进世俗的罗网，一离开家乡就是十三年。笼中的鸟儿留恋着旧日的山林，池中的游鱼思念着先前的水潭。在南边的山野开一片荒地，让我保持性情的淳朴回归田园。方圆十余亩的宅地，八九间草屋，榆、柳遮覆着后檐，桃、李排列在堂前，依稀望见远处的村落，正在袅袅升起炊烟。狗在深巷中吠叫，鸡在桑树上啼鸣。庭院间没有尘土、杂物，空空的房子宽敞悠闲。长期被关在笼中的生命，如今终于返回了自然。

【点评】

刚刚回归田园生活中的陶渊明，看待农村生活的一切，都带着一种欣喜的心情。十三年官场生活的经验，想起来就如被关在牢笼里一般。如今再看看自己的土地院落，看看村庄周围的环境，就觉得处处都透着亲切适意，就连巷陌间的鸡鸣狗吠声，听起来都是那么悦耳。干净的居所，宽敞的房子，就像是他的心境，于闲寂中透着一种生活的诗意。这首诗在描写农村景物上，也很有表现力。"暧暧远人村，依依墟里烟。狗吠深巷中，鸡鸣桑树颠"的意境勾勒，不但历历如画，而且与整组诗所要表现的那种淡远的格调非常和谐。这就是陶渊明的"诗意栖居"，是他构筑的淳朴亲切的精神家园。《归园田居》以真诚的本性，开拓了田园诗的可能性，以描写质朴自然的田园村居生活，讴歌远离世俗尘网樊笼的精神家园，给诗歌史上增添了滋味醇厚的"陶彭泽体"。

其二

野外罕人事①，穷巷寡轮鞅②。

白日掩荆扉③，虚室绝尘想④。

时复墟曲中⑤，披草共来往⑥。

相见无杂言，但道桑麻长。

桑麻日已长，我土日已广⑦。

常恐霜霰至⑧，零落同草莽⑨。

【注释】

①罕：少。人事：指社会交往。

②穷巷：偏远的陋巷。寡：少。轮鞅：车马。鞅：马颈上的皮套。

③荆扉：柴门。

④尘想：世俗之想。

⑤墟曲：山村偏远地方。

⑥披：分开。

⑦土：田地。

⑧霰：小雪粒。

⑨草莽：草丛。莽：丛生的杂草。

【串讲】

山野间的生活没有多少社会交往，偏远的陌巷中很少见到车马的拜访。白天也掩着柴门，住在空空的屋子里绝不去想世间的杂事。有时也到偏远的村落里走走，分开路边的杂草和农人们相互寻访。见面没有别的话，只是说庄稼的长势怎么样。种下的桑麻一天天在长高，开垦的土地一天天变得宽广。总是担心秋天霜雪的降临，会让我的作物凋落变得像杂草一样。

【点评】

《归园田居（其一）》侧重村居生活的自然环境，《归园田居（其二）》侧重村居生活的人际环境，因而田园诗的精神内涵又加深了一层。摒除了令人烦恼的世俗交往，躲在这一方连车马也难得见到的陌巷里，诗人终于得到了一种安宁的心境。一旦不再去想世间的杂事，心灵便向那淳朴的日常生活情味开放。"相见无杂言，但道桑麻长"的交流是简单的，又是切实有味的，因为它和人的劳动、收获紧密地联系在一起。而从土地的一日日开垦中，陶渊明也感受到了一种创造的乐趣。但是，他毕竟还不是一个真正的农夫。"常恐霜霰至，零落同草莽"，似乎是害怕气候的变化会给他的作物带来不良影响，然而真正的意味恐怕还在那弦外之音。

陶渊明的趣味融于村民的趣味，他的喜悦和担忧也是村民的喜悦和担忧。因这首陶诗，"话桑麻"成了后世文人追求接地气的一种典型趣味。唐孟浩然《过故人庄》诗云："故人具鸡黍，邀我至田家。绿树村边合，青山郭外斜。开轩面场圃，把酒话桑麻。"南宋方岳《山居》诗："我爱山居好，红稠处处花。云粘居士履，藤覆野人家。入馔春烧笋，分灯夜作茶。无人共襟抱，烟雨话桑麻。"都是对这种农家生活情味的诗意书写。

其三

种豆南山下①，草盛豆苗稀。
晨兴理荒秽②，带月荷锄归③。
道狭草木长，夕露沾我衣。
衣沾不足惜，但使愿无违④。

【注释】

①南山：指庐山。

②兴：起。理：整理。荒秽：荒芜杂乱。秽：杂草。

③荷：肩扛。

④愿：心愿。违：背。

【串讲】

种一片豆子在南山脚下，杂草茂盛豆苗稀疏。早晨起来去清理杂草，到月亮升起才扛着锄头回家。道路被疯长的草木挤得狭窄，傍晚的露水打湿了我的衣襟。衣襟被露水打湿没有什么可惜，只要不违心地去做事说话就可以。

【点评】

这首诗是对村居生活的一种行为、一个场面的特写，即便是对一段劳动生活的具体记述，也有着弦外之音。"草盛豆苗稀"是否包含着对当时政治生活的某种隐喻，我们倒不必过于牵强地去"索隐"。仅就人生而言，这句话意味也是很丰富的。所谓人生在勤，若无勤勤勉勉、兢兢业业的劳动，要想收获点什么，是很不容易的。"带月荷锄归"的意象，极其凝练地表现了一种劳动生活之美。或者说，它是中古诗歌中美的一种新形式。再加上"道狭草木长，夕露沾我衣"的描写，使我们对这种劳动有一种身临其境的感觉。"衣沾不足惜，但使愿无违"，比起劳动生活的辛苦，陶渊明更害怕的，是那种意志的不自由。

对于陶渊明躬耕垄亩、种豆南山的行止，后世常作为值得仰慕的典型。白居易《效陶潜体诗十六首（其四）》说："东家采桑妇，雨来苦愁悲。蔟蚕北堂前，雨冷不成丝。西家荷锄叟，雨来亦怨咨。种豆南山下，雨多落为萁。而我独何幸，酤酒本无期。及此多雨日，正遇新熟时。开瓶泻尊中，玉液黄金脂。持玩已可悦，欢尝有余滋。一酌发好容，再酌开愁眉。连延四五酌，酣畅入四肢。忽然遗我物，谁复分是非。是时连夕雨，酩酊无所知。人心苦颠倒，反为忧者嗤。"辛弃疾又有《新荷叶·再题傅岩叟悠然阁》词写道："种豆南山，零落一顷为萁。岁晚渊明，也吟草盛苗稀。风流划地，向尊前、采菊题诗。悠然忽见，此山正绕东篱。　千载襟期。高情想像当时。小阁横空，朝来翠扑人衣。是中真趣，问骑怀、游目谁知。无心出岫，白云一片孤飞。"明初沈梦麟《和邵山人》诗云："乱后还家如旅泊，愁中贳酒喜人过。每吟栗里《停云》句，不作南山种豆歌。故宅东风归燕静，孤村夜雨落花多。白头却忆观光日，曾赋神明与驳娑。"清方东树《昭昧詹言（卷四）》《陶公》中评议说："《种豆南山下》此又就第二首继续而详言之，而真景真味真意，如化工元气，自然悬象著明。末二句换意。古人之妙，只是能继能续，能逆能倒找，能回曲顿挫，从无平铺直衍。"肯定的不仅是陶渊明此诗之真，也是他运笔的曲折顿挫，蕴藉浑厚，元气丰沛。

其四

久去山泽游①，浪莽林野娱②。

试携子侄辈，披榛步荒墟③。

徘徊丘垅间④，依依昔人居⑤。

井灶有遗处，桑竹残朽株。

借问采薪者⑥，此人皆焉如⑦？

薪者向我言：死殁无复余⑧。

一世异朝市⑨，此语真不虚⑩！

人生似幻化⑪，终当归空无。

【注释】

①去：离开，放弃。山泽：山川湖沼。

②浪莽：荒废。娱：娱乐。

③披榛：分开杂草灌木。榛：丛生的树木。荒墟：废弃的村落。

④丘垅：坟堆。

⑤依依：依稀可辨的样子。

⑥采薪者：打柴人。

⑦焉如：去了哪里？

⑧殁（mò）：死。

⑨一世异朝市：当时成语。意思是相隔三十年时间，朝市的面貌就会发生很大的改变。一世：古人以三十年为一世。朝市：市井，人们聚集的地方。

⑩虚：假。

⑪幻化：空幻变化。

【串讲】

放弃山泽之游，荒废林野之乐，已有很久了。今天且让我带上子侄辈，分开杂草到废墟那儿走一走吧。从高高低低的坟堆间走来走去，依稀还可辨认出这里是前人居住的地方。还留有一些井啊、灶啊的遗迹，也有一些残留的桑树、竹丛。试着向打柴人打听，这些人都去了哪里了？打柴人对我说，他们全都死了，不再有一个活着的人。世人常说"一世异朝市"（三十年的时间就会使朝市的面貌发生巨大的改变），这话真不假啊！人的一生就像是一场空幻的变化，最终还是要回到空无中去。

【点评】

"废墟"一词最早见于陶渊明的《和刘柴桑》诗："荒涂无归人，时时见废墟。"一座废墟，凸显了人生的无常，使陶渊明浮起了苍凉之感。在这首诗中，"废墟"叫做"荒墟"。久违山林之乐的陶渊明，本来是想去找一点自然的乐趣，不料却踏上了一次"感伤的行旅"。汉末以来，战乱频仍，灾病流行，动荡的社会留下了许多荒弃的村落，睹物生情，不用宗教、哲学的点化，人就会突然地站到具有终极性的问题面前。陶渊明这首诗的思想说不上深刻，感人的反倒是那种淳朴，那种在面对生命的终极虚无时的怅惘和感伤。不过，废墟的启示，也给他恬淡的田园诗裱上了一层黯淡的、带有危机感的衬褙，给他带来某种不安。生命短促，人生无常，陶渊明从这种感受中要得出什么样的结论呢？诗中并没有明说，但通读五首《归园田居》就会明白，他要说的其实仍然是，人不要违心地去干自己不喜欢的事，而要从恬淡自适的生活中谋求一种生命的诗意。

废墟给人的心灵以震撼，从中升华出悲悯、荒凉与感伤之美。清王士禛《楚怀王墓》诗云："当年遗恨割商於，故国秋风总废墟。望里丹阳抔土在，寒潮犹似哭三闾。"痛哭三闾大夫屈原壮志难酬，楚怀王并未获得张仪诈言许诺的商於六百里地，人世沧桑，而楚怀王的墓也终成废墟了。正是从这样的废墟体验中，人们获得了沧海桑田、风云变幻的时间流逝感。

其五

怅恨独策还^①，崎岖历榛曲^②。

山涧清且浅，遇以濯吾足^③。

漉我新熟酒^④，只鸡招近局^⑤。

日入室中闇^⑥，荆薪代明烛^⑦。

欢来苦夕短^⑧，已复至天旭^⑨。

【注释】

①策：拄杖。

②崎岖：道路不平。榛曲：草木丛生的荒僻地方。

③濯：洗。这里暗用《孟子·离娄》中的典故："沧浪之水清兮，可以濯我缨。沧浪之水浊兮，可以濯我足。"

④漉（lù）：过滤。南朝梁萧统《陶渊明传》载：陶渊明嗜酒，"郡将常候之，值其酿熟，取头上葛巾漉酒，漉毕，还复著之。"郡里的将领拜访陶渊明，赶上他酿的酒熟了，陶渊明就取下头上的葛巾滤酒，滤完后，又把葛巾戴上。这被看作是举止真率超脱的名士雅事。

⑤近局：近邻。

⑥日入：日落。闇：暗。

⑦荆薪：柴火。指火把。

⑧苦：恨。

⑨天旭：天明。

【串讲】

惆怅地拄着杖独自回来，走过的都是崎岖不平、杂草丛生的曲折小路。山涧里的水清清浅浅，遇上了就可以洗洗我的脚。过滤我新酿成的酒浆，杀只鸡请来邻居一同畅饮。太阳落山了，屋内变得暗了下来，就点起火把代替灯烛。高兴起来觉得夜也短了，不知不觉间天就又亮了。

【点评】

游过废墟，陶渊明独自回家，一路上就有些闷闷不乐，所走的又都是荒凉的小道，直到遇到一处清浅的山涧，洗了洗脚，心情才变得开朗起来。那一涧清水大约使他想起了"沧浪之水清兮，可以濯我缨。沧浪之水浊兮，可以濯我足"的古语。回到家里他就滤酒杀鸡，邀请邻居作竟夜之欢。其实，白天的事还在刺激着他，这一出"及时行乐"的酒宴，也算是他对那种人生空虚感的一种回应。可贵的是，陶渊明并不假扮深沉，也不故作旷达，诗中的情绪流动自然而真挚。从坟场中得来的"人生如幻化"感慨，最终的结果，却是更坚定了他归隐田园的决心。

此诗中的"漉我新熟酒"一句，隐含了古人饮酒的方式与习俗。古人多以粮食酿酒，新酿成的酒多浮泛着酒糟，细如蚁，色微绿，即所谓"绿蚁"。一般用方巾、竹筐之类漉酒或者压酒，陶渊明用头上葛巾漉酒，是一种很随意率性的做法。白居易《问刘十九》诗云："绿蚁新醅酒，红泥小火炉。晚来天欲雪，能饮一杯无？"其中的"绿蚁"即指尚浮有酒糟的新酿出的酒。李白《金陵酒肆留别》诗云："风吹柳花满店香，吴姬压酒劝客尝。金陵子弟来相送，欲行不行各尽觞。请君试问东流水，别意与之谁短长？"其中也讲到吴地佳人以柔软的手轻压挤出酒渣，请客人品尝。不漉清、不压清的酒是难以入口的。

游斜川 并序

　　辛丑正月五日①，天气澄和②，风物闲美②，与二三邻曲④，同游斜川⑤。临长流，望曾城⑥；鲂鲤跃鳞于将夕⑦，水鸥乘和以翻飞⑧。彼南阜者⑨，名实旧矣⑩，不复乃为嗟叹。若夫曾城，傍无依接，独秀中皋⑪；遥想灵山⑫，有爱嘉名⑬。欣对不足⑭，共尔赋诗⑮。悲日月之遂往，悼吾年之不留⑯；各疏年纪乡里⑰，以记其时日。

　　　　开岁倏五十⑱，吾生行归休⑲。

　　　　念之动中怀⑳，及辰为兹游㉑。

　　　　气和天惟澄㉒，班坐依远流㉓。

　　　　弱湍驰文鲂㉔，闲谷矫鸣鸥㉕。

　　　　迥泽散游目㉖，缅然睇曾丘㉗。

　　　　虽微九重秀㉘，顾瞻无匹俦㉙。

　　　　提壶接宾侣㉚，引满更献酬㉛。

　　　　未知从今去，当复如此不㉜。

中觞纵遥情^㉝，忘彼千载忧^㉞。

且极今朝乐^㉟，明日非所求。

【注释】

①辛丑：晋安帝隆安五年（公元401年）。

②澄和：天空明净，气候温和。

③风物：风光。闲：闲静。

④邻曲：邻居。

⑤斜川：地名，在陶渊明家乡。

⑥曾（céng）城：山名。

⑦鲂（fáng）：赤尾鱼。

⑧和：和风。

⑨南阜：南山，指庐山。

⑩名实旧矣：名和实都已是熟悉之物。

⑪独秀：独自挺立。秀：突出。皋：水边高地。

⑫灵山：仙山，指传说中昆仑山中的"曾城"。

⑬有：语气助词。嘉名：美名。

⑭欣对不足：快乐地看着还觉不满足。

⑮共尔：共同。指与同游者相约。

⑯悼：悲。

⑰疏：分列。

⑱倏：倏忽。形容时光迅疾。

⑲行：行将。

⑳中怀：心怀。

㉑及辰：及时。

㉒惟：助词。

㉓班坐：依次而坐。依：靠近。

㉔弱湍：较缓的水流。文鲂：彩色的鲂鱼。

㉕闲谷：幽静的山谷。闲：静。矫：飞。

㉖迥泽：广阔的湖沼。散：随意。游目：放眼四望。

㉗缅然：沉思的样子。睇：看。

㉘微：无。九重：指昆仑山的"曾城"，相传山有九重。

㉙顾瞻：环顾瞻望。匹俦：匹敌，匹配。

㉚接：近。

㉛引满：斟满酒。献酬：相互劝酒。

㉜当：尚。

㉝中觞：饮酒至半。

㉞千载忧：《古诗十九首》里说"生年不满百，常怀千岁忧"。这里是说饮酒可以忘记人生的烦忧。

㉟极：尽。

【串讲】

诗在小序说：

辛丑年正月五日，天空明净，气候温和，外面的景色显得闲静而美丽。我和两三个邻居一同去游斜川。凭临长川，遥望曾城山。各种鱼儿在傍晚的微光里跳跃，水中的鸥鸟乘着和风在天空中翻飞。那南边的庐山，它的美名和景色已为人所熟知，就不再为它的美好而赞叹。至于曾城山，旁边没有连接的山脉，独自秀挺在一片水边高地中，联想起昆仑山中的同名仙山，就更喜欢它的好名字。喜欢地看着还感觉不满足，大家就相约赋诗。悲叹岁月的流逝，哀惜生命年华的难留。各自列出年纪和籍贯，以记述这一天的情事。

诗中大意是：

开年转眼已是五十岁，我这一生看看就要结束。想到这一点就满怀感慨，赶着好时辰作一次这样的游览。天气和暖天空明净，大家挨次坐在水流边。缓缓的水流中游动着斑斓的鲂鱼，幽静的山谷里飞翔着鸣叫的鸥鸟。展眼瞭望广阔的湖沼，若有所思地看着曾城山。虽然没有传说中的曾城那样九重的秀色，抬眼四望却没有一处可以和它相比。提起酒壶招呼同来的游伴，倒满一杯轮流着劝饮酒。不知从今离开以后，还有没有这样的机会。饮酒至半放开情怀，忘掉了那千载常怀的人生烦忧。且让我们尽情享受今天的快乐，明天的事今天无法追求。

【点评】

一个晴暖的初春日，陶渊明和他的朋友们一起去游附近的斜川。人生的短促感，让他更加珍惜当下的快乐。春日的川流湖沼，水鸟游鱼，都使他备感人间的美好，独秀水滨的曾城山，既让他想到传说中的仙境，又让他感受到自然山川的秀美。渺远的仙境是不可企及的，长生的奢望也难以实现，明天的幸福不可预期，只有抓住当下的美丽与欢乐，才不算浪费了这一生。看上去非常闲逸的游乐，其实是以生命的形而上痛苦为底色的，这就是陶渊明的及时行乐不同于流俗的地方。斜川风物的美好中，加进了这样的人生之思，才使这首诗更显出一种隽永的意义。

在古人看来，年至五十，是一个重要的生命节期。《论语·为政篇》记孔子言曰："五十而知天命。"《礼记·曲礼上》曰："五十曰艾。"郑玄注："艾，老也。"孔颖达疏："四十九以前通曰强，年至五十，气力已衰，发苍白色如艾也。"五十岁的老人，古称"艾老"。所谓"开岁倏五十，吾生行归休"，陶渊明的这次斜川游，很可以看作是他的辞别强年、进入艾年的一次仪式。

乞 食

饥来驱我去^①，不知竟何之^②。

行行至斯里^③，叩门拙言辞^④。

主人谐余意^⑤，遗赠岂虚来^⑥。

谈谐终日夕^⑦，觞至辄倾杯^⑧。

情欣新知欢^⑨，言咏遂赋诗^⑩。

感子漂母惠^⑪，愧我非韩才^⑫。

衔戢知何谢^⑬，冥报以相贻^⑭。

【注释】

①饥：饥饿。驱：驱迫。

②竟：究竟。何之：去哪里。

③行行：走啊走。斯里：这个村庄。里：古代五家为邻，五邻为里。

④拙：笨拙。言辞：乞食的话。

⑤谐：理解。

⑥遗（wèi）：赠送。虚来：空来。

⑦谈谐：谈话融洽。

⑧觞：酒杯。辄：每。

⑨欣：愉快。新知：新交的朋友。

⑩言咏：言谈吟咏。

⑪漂母：《史记·淮阴侯列传》里说，韩信贫寒的时候，曾经在城下钓鱼，有一个漂洗衣物的老妇人看他饿着肚子，就给他饭吃，一连数十日。韩信对她说自己一定要重重地报答。后来他做了楚王，就拿千金送给老妇人。

⑫韩才：韩信一样的才能。

⑬衔戢（jí）：深藏于心。

⑭冥报：在阴间报答。贻：赠。

【串讲】

一阵阵饥饿感袭来，驱迫着我出门去讨饭，不知到底该走向哪里，走着走着就到了这个村庄，敲开门说着笨拙的话，主人懂得了我的意思，送给我许多东西，说哪能让我白跑来。谈话融洽一谈就谈到天晚的时候，酒杯举起时总是一饮而尽。交了个新朋友真愉快，言谈吟咏之间就开始赋诗。感谢您像漂母一样的恩惠，惭愧我没有韩信的才略。感激深深藏在心里拿什么来感谢，只能是死后结草衔环报答您。

【点评】

乞食，对中国的文人来说，这是一个多么令人难堪的字眼，但贫困的书生有时也不得不满含惭愧地伸出手去。陶渊明的隐居生活中，有"采菊东篱下"的闲适，也有"饥来驱我去"的窘迫。难得的是他那始终如一的坦然，即便是"乞食"，在他笔下，也只是以一种本色的面目而出现，没有伤感，没有愤激，只有不知如何开口时的愧意，和对主人好心的无比真诚的感激。开头四句，写饥饿时那种茫然的感觉，和乞食时羞愧难言的神情，极为生动真切，没有真实的生活体验，这种情形是很难想象得来的。主人"遗赠"和留饮赋诗的叙写，充溢着人情的淳朴和温暖，虽在乞食中，仍让人觉得到人间世界的一种美好。末尾感谢的话，真诚自然，入情入理。也许，在整个中国文学中，唯有陶渊明才有这样的心态，这样的笔墨。并且借乞食这样独特的行为，写出了淳朴的乡间伦理，其文化气质是与田园诗相通的，或者说，是田园诗的延伸。

对于陶渊明的乞食诗，晚明思想家方以智在《一贯问答》中说："陶有《乞食诗》'扣门拙言词'，如此可怜，正见得腰硬如铁。"他以言拙腰硬，形容陶渊明的人品。其实，从更广阔的视野来看，乞食行为在古代中国具有丰富的文化内涵。许多成就大事业的人，都曾有过穷困乞食的经历。如《左传·鲁僖公二十三年》记载："（重耳，即后来的晋文公）乞食于野人，野人与之块。公子怒，欲鞭之。子犯曰：'天赐也。'"杜预注解说："得土（块），有国之祥，故以为天赐。"《战国策·秦策三》记述范雎说秦王，言："伍子胥橐载而出昭关，夜行而昼伏，至于菱水，无以糊其口，膝行蒲伏，乞食于吴市，卒兴吴国，阖闾为霸。"而托钵乞食，更是佛门修炼的一种传统。《佛本行经》卷七说："剃头被法衣，执钵行乞食。"后秦鸠摩罗什翻译的《摩诃般若波罗蜜经》卷十八说："若见菩萨乞食纳衣，中后不饮浆。"就连道教也有乞食翁，南朝梁陶弘景《真诰》卷九记述："有一乞食翁，入市经日乞，恒歌曰：'天庭发双华，山源彰阴邪。清晨按天马，来诣太真家。真人无那隐，又以灭百魔。'恒歌此乞食。一市人无解歌者，独来子忽悟疑是仙人，然故未解其歌耳。"甚至有些官僚也以乞食取乐。宋代邵博《邵氏闻见后录》卷十八记述："韩熙载畜妓乐数百人，俸入为妓争夺以尽，至贫乏无以给。夕则敝衣屦，作瞽者，负独弦琴，随房歌鼓以丐饮食。东坡《谢元长老衲裙诗》云：'欲教乞食歌姬院，故与云山旧衲衣。'用其事也。"而在小说戏曲中，乞食往往成了开国君臣发迹变泰的一种必经的磨难。明代南戏《白兔记》第二出描写五代后汉的开国皇帝刘知远落魄流浪乞食，有这样的唱段："论韩信乞食，漂母堪哀。"这就和陶渊明《乞食》诗中"感子漂母惠，愧我非韩才"，遥相呼应了。

诸人共游周家墓柏下

今日天气佳，清吹与鸣弹①。

感彼柏下人②，安得不为欢③。

清歌散新声，绿酒开芳颜④。

未知明日事，余襟良已殚⑤。

【注释】

①清吹、鸣弹：均指奏乐。

②柏下人：指墓中人。

③安得：怎能。

④绿酒：新酿成的酒。

⑤襟：襟怀，心胸。良：确实。殚（dān）：尽，空。

【串讲】

今天的天气真美好，让我们吹起笙箫弹起琴。想起那长眠在柏树下的墓中人，怎能不叫人尽情来寻欢。清亮的歌喉传扬着新声，漂着绿蚁的新酒让我们绽开欢颜。不知道明天还会发生些什么，但我心中的积郁，确实已被涤除得干干净净。

【点评】

诗题"诸人共游周家墓柏下"，点明了这首诗的来由。激励、支持着陶渊明去过任性自然的生活的，常是对生命短促的预感，其思想逻辑也相当简单。但由此生出的艺术境界，却相当有韵味。想一想诗中描写的佳美天气，想一想那一群人"清吹与鸣弹"的情形，我们仿佛也身临其境，看到了那晴和的天气，听到了那清亮的歌声，闻到了那醉人的酒香。同时，也就感觉到了人间生活真正的美好。心胸由此变得空阔起来，许多的烦恼，许多的盘算，仿佛都变得无所谓。所谓"余襟良以殚"，确实是人生的佳境。

　　有关人的生死，《庄子·大宗师篇》曾云："夫大块载我以形，劳我以生，佚我以老，息我以死。"其《至乐篇》还记载了这样一个与墓中人对话的寓言故事："庄子之楚，见空髑髅，髐然有形，撽以马捶因而问之，曰：'夫子贪生失理，而为此乎？将子有亡国之事，斧钺之诛，而为此乎？将子有不善之行，愧遗父母妻子之丑，而为此乎？将子有冻馁之患，而为此乎？将子之春秋故及此乎？'于是语卒，援髑髅，枕而卧。夜半，髑髅见梦曰：'子之谈者似辩士。视子所言，皆生人之累也，死则无此矣。子欲闻死之说乎？'庄子曰：'然。'髑髅曰：'死，无君于上，无臣于下；亦无四时之事，从然以天地为春秋，虽南面王乐，不能过也。'庄子不信，曰：'吾使司命复生子形，为子骨肉肌肤，反子父母妻子闾里知识，子欲之乎？'髑髅深颦蹙曰：'吾安能弃南面王乐而复为人间之劳乎！'"骷髅赞美死，认为人死了就没有人世的种种拖累，死的快乐"虽南面王乐，不能过也"。这种生劳死乐之辩，影响了东汉张衡的《骷髅赋》，也影响了三国曹植的《骷髅说》。然而，与这种苦生乐死的观念不同的是，陶渊明的思想取舍，更执着于现世生活的幸福，并以此为其生命意识的根本点，而这也正是理解这首诗的关键之处。

怨诗楚调示庞主簿邓治中

天道幽且远①，鬼神茫昧然②。

结发念善事③，僶俛六九年④。

弱冠逢世阻⑤，始室丧其偏⑥。

炎火屡焚如⑦，螟蜮恣中田⑧。

风雨纵横至，收敛不盈廛⑨。

夏日长抱饥，寒夜无被眠。

造夕思鸡鸣⑩，及晨愿乌迁⑪。

在己何怨天⑫，离忧凄目前⑬。

吁嗟身后名，于我若浮烟⑭。

慷慨独悲歌⑮，钟期信为贤⑯。

【注释】

①幽：晦暗不明。

②茫昧然：茫然无知。昧：暗。

③结发：年轻时。古人二十岁行冠礼，开始束发。（一说十五岁以上，束发成童）

④僶俛（mǐn mián）：勤勉努力。六九年：五十四岁。

⑤弱冠：二十岁。古人二十岁行冠礼，称弱冠之年。世阻：世道险

阻。指时局混乱，饥荒时起。

⑥始室：三十岁左右。《礼记·内则》："三十而有室，始理男事。"丧其偏：丧妻。古时称丧妻或丧夫为偏丧。

⑦炎火：酷热的阳光。屡：常常。焚如：像火烧一样。

⑧螟蜮（míng yù）：都是稻田中的害虫。恣：恣纵。

⑨收敛：收获。不盈廛（chán）：捆不成捆。廛：捆。一说，不盈廛是说不满一室。一夫之居曰廛。

⑩造夕：到晚上。造：至。

⑪及晨：到早晨。愿乌迁：然而太阳早点下山。乌：指太阳，相传日中有三足乌。

⑫在己：由于自己。

⑬离忧：遭忧。离：遭逢。

⑭浮烟：飘浮的轻烟。

⑮慷慨：心绪不平的样子。

⑯钟期：钟子期。《吕氏春秋·本味》："伯牙鼓琴，钟子期听之。方鼓琴而志在太山，钟子期曰'善哉鼓琴，巍巍乎若太山'，少选之间，而志在流水，钟子期又曰'善哉鼓琴，汤汤乎若流水'，钟子期死，伯牙破琴绝弦，终身不复弹琴，以为世无足为鼓琴者。"这里是以庞主簿、邓治中为自己的知音的意思。信：真的。

【串讲】

"怨诗楚调"是乐府诗名，汉乐府《楚调曲》有《怨歌行》。庞主簿，名遵，字通之。邓治中，名字不详。主簿、治中都是官名。诗中大意是：

天道幽远难知，鬼神之事更是让人一片茫然。从结发开始就想着做好事，勤勤勉勉到如今已是五十四年。弱冠之年遇上世道险阻，刚到三十岁左右就死了老婆。酷热的阳光一次次像烈火一样晒着禾苗，种种的害虫恣肆在田间。风风雨雨接连不断，欠收的粮食捆不成捆。夏天常常饿着肚子，冬天缺衣少被。一到晚上就想着天快点亮，到天明又希望太阳早点落山。这都怪自己又何必怨天，遭逢的忧愁此刻还让人凄伤。唉——身后的声名，对我就像是一阵轻烟。想起这一切，我的心就不能平静，止不住要独自悲歌，你们能理解这一切确实是我的知音。

【点评】

陶渊明的一生，经历了许多的忧苦。到晚年，回想这一切，他不禁有些感慨万端。这一回对着两位理解他的朋友，便忍不住大倒苦水。他所遭逢的一切，有些是生当斯世，大家都要遇到的，如时局的混乱；有些是他偶然的遭遇，如三十岁就死了老婆；有些看上去也是常人的遭遇，实际却与他的选择有关，譬如种田的辛苦和生活的贫穷。如果生当豪富，或不选择归隐，他都未必能体验到这些。虽说是"在己不怨天"，但这一切还是引出了他对生活意义的一种怀疑。既然天道茫然，鬼神难知，身后名又如轻烟，那么，他所付出、所承受的这一切，又有什么意义呢？对此，陶渊明不免有些迷惘，而只能从朋友的理解中寻找一点安慰了。但诗中所写，最动人的还是那些对贫苦生活的描绘："……炎火屡焚如，螟蜮恣中田。风雨纵横至，收敛不盈廛。夏日长抱饥，寒夜无被眠。造夕思鸡鸣，及晨愿乌迁。"对于亲身经历过这种辛苦与贫困的人，读这些，是多么伤感又多么亲切啊！一旦拉开审美距离，生活中所经历的一切，哪怕是苦难，也会变成一种亲切的回味。

陶渊明"僶俛六九年"，也就是勤勉努力到五十四岁，精神状态发生了深刻的变化和调适："吁嗟身后名，于我若浮烟"。《论语·述而篇》孔子说："饭疏食，饮水，曲肱而枕之，乐亦在其中矣。不义而富且贵，于我如浮云。"他对世人不义得来的富贵，看成容易飘散的浮云一样无所谓。但

《论语·卫灵公篇》孔子又说"君子疾没世而名不称焉",他对身后的好名声还是非常计较的。而陶渊明把这种身后名,也都看成是浮烟一样无所谓了。清初思想家唐甄《潜书》上篇上说:"人皆以欲为心,……谓少壮之时不能学道者,以是故也。血气方壮,五欲与之俱壮。血气既衰,五欲与之俱衰。久于富贵则心厌足,劳于富贵则思休息,且以来日不长,心归于寂。不伤位失,以身先位亡也。不忧财匮,以身先财散也。贫贱之士,亦视之若浮云而非我有,此六十七十之候也。"可谓从年龄心理学的角度,触及了陶渊明晚年无欲自刚的心理状态。林则徐题于书室的自勉楹联云:"海纳百川,有容乃大;壁立千仞,无欲则刚。"从人生境界上说,也与此有着相似的意味。

答庞参军 并序

　　三复来贶①，欲罢不能。自尔邻曲②，冬春再交③，款然良对④，忽成旧游⑤。俗谚云"数面成亲旧"，况情过此者乎？人事好乖⑥，便当语离；杨公所叹⑦，岂惟常悲。吾抱疾多年，不复为文。本既不丰⑧，复老病继之。辄依周礼往复之义⑨，且为别后相思之资⑩。

相知何必旧⑪，倾盖定前言⑫。
有客赏我趣，每每顾林园。
谈谐无俗调⑬，所说圣人篇⑭。
或有数斗酒⑮，闲饮自欢然。
我实幽居士，无复东西缘⑯。
物新人惟旧，弱毫夕所宣⑰。
情通万里外，形迹滞江山⑱。
君其爱体素⑲，来会在何年？

【注释】

①三复：反复。三：泛指次数之多。贶（kuàng）：赠。这里指赠诗。

②自尔：自从。邻曲：邻居。

③再：第二次。

④款然：诚恳的样子。

⑤旧游：老朋友。

⑥人事：人间的事。好：常常。乖：违背。

⑦杨公：指杨朱。《淮南子》里说，杨朱见到岔路就哭了起来，"为其可以南，可以北。"也就是说，人到这里难免要有选择，要有分离。

⑧本：指身体素质。丰：丰满、厚。

⑨辄依：就按着。周礼：古代礼制。往复之义：这里指《礼记·曲礼》里的话："礼尚往来，往而不来，非礼也。来而不往，亦非礼也。"

⑩资：凭借。

⑪相知：彼此知心。

⑫倾盖：古谚有"有白头如新，倾盖如故"的话。倾盖是说两个人在路上相逢，言谈投机，以致乘坐的车子的车盖都靠到了一起。

⑬谈谐：谈话和谐。

⑭说（yuè）：悦，喜欢。圣人篇：圣贤之书。

⑮或：有时。斗：酒器。

⑯无复：不再。东西缘：指为世事东西奔走的缘分。

⑰弱毫：毛笔。夕：通"昔"。宣：宣称，表达。

⑱滞：停留。

⑲其：表示祈使语气的助词。体素：身体的根本。

【串讲】

诗前小序说：

一遍遍地读着您寄来的诗，想停下也停不下来。自从和您做了邻居，已经过了一年。真诚地相互对待，忽然间就成了老朋友。俗谚说"见过几次面就会成亲朋好友"，何况我们的情况要超过这种情形呢。人世间的事常常违背人的心愿，才熟悉又该告别了。杨朱先生所感叹的，岂止是普通的离别之悲。我抱病多年，不再写文章。身体素质本来就不好，又有老病相继而至。就按周礼中说的礼尚往来的道理写这首诗给您，就让它作我们分别以后相思的一种证明。

诗中大意是：

彼此知心何必是旧友，前人就已说过倾盖如故的话。有个客人欣赏我的趣味，常常光顾我的林园。我们谈话和谐，不说一句世俗的事，两个人喜爱的都是圣人的文章。有时也准备几杯酒，两人悠然闲饮自有一份欢乐。我实在只是一个隐居的人，不再有为世事东西奔走的缘分。东西是新的好，人却是旧的好，古书中就记载过这样的话。感情相通在万里之外，身体却不免停留在各自所在的山川。请您保重自己的身体，再来相会不知又在哪一年？

【点评】

庞参军曾经是陶渊明的邻居，两人相交时间虽然不算太长，但感情很好。他后来出去做官还时时记着陶渊明，并且寄自己的诗给陶渊明看。陶渊明便写了这首诗答谢他的盛情。从诗中"我实幽居士，无复东西缘"的话看，陶渊明在出仕这一点上，与他的志趣其实有异，所以小序中也有"杨公所叹，岂唯常悲"的话。但陶渊明也并不将自己的志趣强加于朋友，因而诗中所谈的，就主要是两人旧日的友谊，在回忆中重温着从前的欢乐。结尾又特别提到保重身体的话，表达出一种希望能与朋友再见的衷情。不论是诗前小序，还是诗篇正文，都让人感觉诚恳真挚，温情殷殷。"情通万里外，形迹滞江山"，江山不能延滞和隔断的感情，才是深挚的感情。平实朴素的语言，传达出一种有关友情、人生的深沉喟叹，真可谓言有尽而意无穷。

移居二首

其一

昔欲居南村，非为卜其宅^①。

闻多素心人^②，乐与数晨夕^③。

怀此颇有年，今日从兹役^④。

敝庐何必广^⑤，取足蔽床席^⑥。

邻曲时时来^⑦，抗言谈在昔^⑧。

奇文共欣赏^⑨，疑义相与析^⑩。

【注释】

①卜：选择。宅：宅院。

②闻：听说。素心人：心地纯洁朴实的人。

③数晨夕：朝夕相处，共度岁月。数：计算。

④从兹役：从事这件事，指搬家。

⑤敝庐：简陋的房子。广：宽敞。

⑥蔽：遮盖。

⑦邻曲：邻居。

移居二首

其一

昔欲居南村，非为卜其宅[①]。

闻多素心人[②]，乐与数晨夕[③]。

怀此颇有年，今日从兹役[④]。

敝庐何必广[⑤]，取足蔽床席[⑥]。

邻曲时时来[⑦]，抗言谈在昔[⑧]。

奇文共欣赏[⑨]，疑义相与析[⑩]。

【注释】

①卜：选择。宅：宅院。

②闻：听说。素心人：心地纯洁朴实的人。

③数晨夕：朝夕相处，共度岁月。数：计算。

④从兹役：从事这件事，指搬家。

⑤敝庐：简陋的房子。广：宽敞。

⑥蔽：遮盖。

⑦邻曲：邻居。

⑧抗言：高声。无所顾忌地说话。在昔：往昔。

⑨奇文：奇妙的文章。

⑩相与：共同。析：分析，研究。

【串讲】

从前我就想住到南村，不是为了寻取吉宅，而是听说那里有很多心地纯洁朴实的人，乐得与他们共度朝夕。想这件事颇有些年头了，今天终于开始搬家。简陋的房舍何必太宽敞，只求放张床就够了。邻居间可以随时来往，大家放开嗓音谈论往昔的人和事。有奇妙的文辞时，大家共同欣赏，有疑难的义理时，大家一块儿分析。

【点评】

听陶渊明以一种淡然的口气，谈说着搬家这件事，真令人有些心驰神往。不求吉宅，而卜嘉邻，这种选择本身就说明了陶渊明追求实际，但这"实际"又是多么理想主义呀！"闻多素心人，乐与数晨夕"，质朴的言辞，表达出对淳朴生活的热爱。

"敝庐何必广，取足蔽床席。邻曲时时来，抗言谈在昔"，物质欲求的减缩，换来的是精神空间的宽松。"奇文共欣赏，疑义相与析"，审美的快乐和友情的和谐相交映，求知的愉悦和沟通的欢畅共生辉。此情此景，真可谓人生佳境。他追求的不是物质空间的豪华，而是精神空间的淳朴。移居的雅称是"乔迁"，"出自幽谷，迁于乔木"，他的乔木沐浴着淳朴的乡风，生长在精神世界。

南宋学者罗大经《鹤林玉露》乙编卷一说："自古士之闲居野处者，必有同道同志之士相与往还，故有以自乐。陶渊明《移居》诗云：'昔欲居南村，非为卜其宅。闻多素心人，乐与数晨夕。'又云：'邻曲时时来，抗言谈在昔。奇文共欣赏，疑义相与析。'则南村之邻，岂庸庸之士哉！杜少陵在锦里，亦与南邻朱山人往还，其诗云：'锦里先生乌角巾，园收芋栗不全贫。

惯看宾客儿童喜，得食阶除鸟雀驯。秋水才深四五尺，野航恰受两三人。白沙翠竹江村暮，相送柴门月色新。'又云：'相近竹参差，相过人不知。幽花欹满径，野水细通池。归客村非远，残尊席更移。看君多道气，从此数追随。'所谓朱山人者，固亦非常流矣。李太白《寻鲁城北范居士误落苍耳中》诗云：'忽忆范野人，闲园养幽姿。'又云：'还倾四五酌，自咏《猛虎词》。近作十日欢，远为千岁期。风流自簸荡，谑浪偏相宜。'想范野人者，固亦可人之流也。"卜居有素心人为邻，是人生一大乐事也。而始倡此议的，正是陶渊明。

其二

　　春秋多佳日，登高赋新诗。

　　过门更相呼[1]，有酒斟酌之[2]。

　　农务各自归，闲暇辄相思[3]。

　　相思则披衣[4]，言笑无厌时。

　　此理将不胜[5]，无为忽去兹[6]。

　　衣食当须纪[7]，力耕不吾欺[8]。

【注释】

①过门：走进门去，指邻舍间的走动。更相呼：相互招呼。

②斟酌：斟酒饮酒。斟（zhēn）：往杯中倒酒。酌：饮酒。

③辄：每每，总是。

④披衣：披衣出门访友。

⑤将不胜：难道不美好？将不：岂不。胜：美好，佳妙。

⑥无为：不要。忽去兹：轻率地丢掉它。忽：轻率。兹：此。指这种生活。

⑦纪：经营。

⑧力耕：努力耕作。不吾欺：不欺吾。

【串讲】

春秋两季多有晴和的好日子，那时便登上高高的山岭赋几首新诗。邻里之间相互走动招请，有酒一起饮几杯。有农活要干时各自回家，闲暇时总会相互想念。想念时就起身披衣出门，说说笑笑没有个够。这样的生活之道难道不美好？不要轻率地将它丢弃。有关衣食的事当然要去料理，努力耕作的成果不会欺骗我。

【点评】

这首诗描绘出的，是一幅相当淳朴的农村生活画卷，它建立于自给自足的农村经济，又散发着醇厚的人伦情味，离生活的实际也并不遥远。天气晴好又有闲暇时，就赋诗饮酒；农务忙起来，就各自去做自己的事。想念谁，就披衣出门走访；请喝酒，就过门喊一声；大家时时说说笑笑，永远也不满足。而这一切，都建立在劳动的基础上，"衣食当须纪，力耕不吾欺"，简简单单的道理，说起来没有一点教训意味，却又饱含了人生的经验和智慧。数百年后，杜甫有一首《客至》："舍南舍北皆春水，但见群鸥日日来。花径不曾缘客扫，蓬门今始为君开。盘飧市远无兼味，樽酒家贫只旧醅。肯与邻翁相对饮，隔篱呼取尽余杯。"也写乡居生活经验，也写邻里关系的亲厚无间。但整篇诗意在更显风雅中也更与真实的乡村拉开了距离。试比较"肯与邻翁相对饮，隔篱呼取尽余杯"和"过门更相呼，有酒斟酌之"，只从一个"肯"、一个"隔篱"的用词，以及"更"与"有"的语态，你也可以感觉出它们之间有着怎样的区别。

和刘柴桑

山泽久见招^①，胡事乃踌躇^②？

直为亲旧故^③，未忍言索居^④。

良辰入奇怀^⑤，挈杖还西庐^⑥。

荒涂无归人，时时见废墟。

茅茨已就治^⑦，新畴复旧畲^⑧。

谷风转凄薄^⑨，春醪解饥劬^⑩。

弱女虽非男^⑪，慰情良胜无。

栖栖世中事^⑫，岁月共相疏^⑬。

耕织称其用^⑭，过此奚所须^⑮？

去去百年外^⑯，身名同翳如^⑰。

【注释】

①山泽：山林水泽。这里指入山隐居的生活。久见招：当时刘遗民隐居庐山，与慧远等共结白莲社，写信招请陶渊明加入，陶渊明对入社的事不感兴趣，故写诗婉言辞谢。

②胡事：何事。踌躇：犹豫。

③直为：只为。亲旧：亲人朋友。

④索居：离群独居。

⑤良辰：美好时光。奇怀：脱俗的胸襟。

⑥挈杖：提杖。西庐：陶渊明的住处。

⑦茅茨：茅屋。治：修整。

⑧新畴：新田。畬（yú）：耕植过三年的田地。

⑨谷风：东风。凄薄：凄冷迫人。

⑩春醪：春酒。劬（qú）：疲劳。

⑪"弱女"句：关于这句诗，有两种解释。一种是说刘柴桑没有儿子，故出此语；另一种是说以"弱女"喻薄酒。

⑫栖栖：忙碌的样子。

⑬疏：远。

⑭称：相当，符合。

⑮奚：何。

⑯去去：指岁月流逝。百年外：死后。

⑰同：一同。翳如：隐没，消失。

【串讲】

山林隐居的生活久已在召唤，为什么我还总是犹豫不决？只因为离不开这些亲人朋友，不忍说出要离开大家去独居。美好的天气让我生出奇妙的心情，提着手杖回到西庐。荒僻的路途上没有回家的人，时时可以看见一座座废墟。家中的茅屋已经修整好了，一片片新田连着旧田。东风变得有些凄冷迫人，饮一杯春酒解一解饥乏。淡薄的酒味虽说比不得佳酿，却能抚慰我的心怀，真的胜过什么也没有。忙忙碌碌的世间情事，随着岁月越来越远离了我。耕田织布的收入刚好够用，超过这些我又要什么？岁月流逝眼见着人生百年就要结束，到那时身体和名声终将一同消失。

【点评】

陶渊明的隐居，只是远离官场，并没有想脱离社会家庭生活的意思，相反，对于普通人的日常生活，他还怀有一种深深的热爱，所谓"结庐在人境"，就是这个意思。正因如此，当他已皈依佛门的朋友刘遗民，一再招请他入庐山隐居时，他就写了这首诗去婉言谢绝。皈依佛门也就是要"出家"，但陶渊明却怎么也舍不得这个家。以他的性情，以他对人生的看法，都不可能相信佛教所宣扬的那个来生世界。但朋友的好意也不便断然回绝，因而陶渊明在这首诗里，除了说明舍不得亲人朋友——也就是舍不得这个"家"——之外，就是描写家乡田园的美好，农家生活情味的淳厚，而这也是含蓄婉转的一种谢绝方法。你说让我入山吧，可我就是留恋这里的田园，你还能怎么说呢？从宗教和世俗对立的意义上说，陶渊明其实是稳稳地站在世俗一边的。这也是他的诗歌写起农村生活来，为什么总是那么淳厚有味的一个重要原因。

这首诗的关键，在于"荒涂无归人，时时见废墟"；"去去百年外，身名同翳如"。在陶渊明的心目中，佛教不能使人间废墟重新繁荣，也不能突破个体百年身名的有限性，因此他只能随任自然，负起亲旧的责任，把握耕织带来的温饱。

和郭主簿二首

其一

蔼蔼堂前林^①，中夏贮清阴^②；

凯风因时来^③，回飙开我襟^④。

息交游闲业^⑤，卧起弄书琴。

园蔬有余滋^⑥，旧谷犹储今。

营己良有极^⑦，过足非所钦^⑧。

春秫作美酒^⑨，酒熟吾自斟。

弱子戏我侧^⑩，学语未成音。

此事真复乐，聊用忘华簪^⑪。

遥遥望白云，怀古一何深^⑫。

【注释】

①蔼蔼：茂盛的样子。

②中夏：仲夏，指农历五月。

③凯风：南风。因时：顺时，顺应时令。

④回飙：旋风。

和郭主簿二首

其一

蔼蔼堂前林[①]，中夏贮清阴[②]；

凯风因时来[③]，回飙开我襟[④]。

息交游闲业[⑤]，卧起弄书琴。

园蔬有余滋[⑥]，旧谷犹储今。

营己良有极[⑦]，过足非所钦[⑧]。

春秫作美酒[⑨]，酒熟吾自斟。

弱子戏我侧[⑩]，学语未成音。

此事真复乐，聊用忘华簪[⑪]。

遥遥望白云，怀古一何深[⑫]。

【注释】

①蔼蔼：茂盛的样子。

②中夏：仲夏，指农历五月。

③凯风：南风。因时：顺时，顺应时令。

④回飙：旋风。

国学经典丛书 第二辑

⑤息交：停止交游。游：游心，游戏。闲业：不关紧要的事，这里指读书、弹琴等。

⑥滋：种植。有余滋，是指种得多，吃不完。

⑦营己：经营自己的生活。良：确然。极：限度。

⑧过足：过多，超出所需。钦：羡慕。

⑨秫（shú）：黏稻。

⑩弱子：幼子。

⑪聊用：暂且借此。华簪：华美的发簪，借指功名富贵。

⑫一何：感叹词，多么。

【串讲】

郁郁葱葱的堂前林木，仲夏时节贮满了清凉的阴影。南风应时而来，旋风吹开我的衣襟。停止了种种交往，游心在闲暇事上，睡觉起来便翻翻书，弹弹琴。园子里种的蔬菜吃不完，去年的粮食到现在还存着。经营自己的生活确实应该有个限度，过度的丰足不是我所羡慕的。捣碎自种的黏米酿成美酒，酿成后也是我自斟自饮。幼小的孩子在我身边游戏，才开始学语还说不成话。这样的事真让人快乐啊，暂且让我们借它忘记功名富贵。举头眺望远处的白云，怀念古人淳朴生活的心意是多么的深切啊！

【点评】

这大约是陶渊明隐居生活中最快乐的时光。时当仲夏，他家堂前林木成荫，清风时来。没有什么杂事交往，睡觉起来，也只是随意地翻翻书，抚抚琴。菜园里有新鲜的蔬菜，谷仓里有积年的陈谷。家酿的美酒，可以随意自斟自饮。年幼的孩子在身边嬉戏，一边还在咿咿呀呀地学话。人间生活的乐事，仿佛都已齐备了。人生至此，复何求哉！所谓"营己良有极，过足非所钦"，陶渊明是知足的，在他的感觉中，这日子大约真可以比得传说中的上古盛世了。所以，诗篇的最后说："遥遥望白云，怀古一何深。"他展示了物不求过、心求自足的田园生活模式。

美好的环境和天气，温饱的生活状态和淡雅的精神方式，有酒自斟自饮，老年得子的欢乐，在这里构成了一幅知足自乐的田园生活图。陶渊明的田园村居生活样式，包括园蔬自耕、琴书自娱、好酒自斟，对后世都颇有感召力。南宋"永嘉四灵"中的徐照写给翁卷的《题翁卷山居》中说："十年前有约，今却在城居。羡尔能携子，深山自结庐。引泉移岸石，栽药就园蔬。见说高林外，樵人听读书。"既有园蔬自耕，又有读书自娱。元末明初汪元亨《中吕·朝天子·归隐》说："百篇诗细吟，一壶酒自斟，半间屋和云赁。粗衣淡饭且消任，得温饱思量甚。世态团蜂，人心毒鸩，是和非都在恁。枕床头素琴，坐门前绿阴，梦不入非熊魂。"鸣琴吟诗、壶酒自斟，也有了。明末易震吉《沁园春·幽居》词："城市人来，话说周遮，未解何云。我一钱不费，坐邀明月，千峰相对，酣卧闲云。古砚尘封，清池手浣，作字忻摹王右军。沈烟袅，向案头开帙，欣赏奇文。　声名举世无闻。有数亩、烟霞力劝耘。况花经晚雨，都齐献笑，杯临幽草，更细生芬。俗态牵人，可能销尽，毕竟心宜僻此君。扶鸠杖，看风梭织水，无限波纹。"又《卜算子·卧起弄书琴》词："卧起弄书琴，日午树阴直。一片青山屋后横，两屦恣登陟。朝或山之南，暮或山之北。借使诗翁离此心，真个无相识。"酣卧闲云，卧起弄书琴，都是陶渊明情怀的余绪。

其二

和泽周三春^①，清凉素秋节^②。
露凝无游氛^③，天高肃景澈^④。

陵岑耸逸峰⑤，遥瞻皆奇绝。

芳菊开林耀⑥，青松冠岩列。

怀此贞秀姿⑦，卓为霜下杰⑧。

衔觞念幽人⑨，千载抚尔诀⑩。

检素不获展⑪，厌厌竟良月⑫。

【注释】

①和泽：温和湿润。周：遍。三春：整个春天。

②素秋：即秋天。节：时节。

③露凝：露水凝结成霜。游氛：飘浮的云雾。

④肃景：萧瑟的秋色。

⑤陵岑：山岭峰峦。逸峰：高拔峻秀的山峰。

⑥芳菊开林耀：芳香的菊花在林中盛开，十分耀眼。

⑦贞秀：坚贞美丽。

⑧卓：卓然，高超的样子。

⑨衔觞：饮酒。觞：酒杯。幽人：隐士。

⑩抚：持，坚守。诀：法则。

⑪检素：查找书信。检：寻找。素：尺素，信札。展：现。

⑫厌厌：没情绪的样子。竟：终。良月：十月。

【串讲】

春天的温暖湿润遍布在整个季节里，秋天又到了清凉的时节。露水凝结成霜，天空中没有一点云雾，天空高远，风景明净。山间耸立着峻秀的山峰，远远望去全都显得壮丽奇绝。芳香的菊花在林中盛开，十分耀眼，一排排青松覆盖了整个山头。怀抱着这样坚贞美丽的资质，卓然成为严霜下的俊杰。饮着酒想着往昔那些隐士，千载之后仍然坚守着你们的生活法则。只因寻找您的信函却得不到满足，却没情没绪地过完了整个十月。

【点评】

此诗以清净贞秀的自然来体验平静而微含忧郁的生命存在。在明净的秋色中，眺望远处的山峰。天空高远，风景明丽，山间的景物格外清旷奇绝。特别是那些盛开在林间的菊花和覆盖在山头的青松，更因经霜耐寒而显出了它们的超群英姿。一边饮酒，一边观赏着风景的诗人，由菊花和青松想起了古代的那些隐士，深深地景慕着他们坚贞美丽的人格。美中不足的是，好久没有得到远方的朋友的消息，因之又情绪低落地过了整整一月。

谈到菊花、青松，前者在中国已有三千多年的栽培史。最早的记载见于《周礼》，《尔雅》作蘜、鞠。《礼记·月令篇》说："季秋之月，鞠有黄华。"而《神农本草经》已注意到了菊花的养生功效："菊花久服能轻身延年。"屈原《离骚》："朝饮木兰之坠露兮，夕餐秋菊之落英。"《艺文类聚》卷四引魏文帝《与钟繇书》中说："岁往月来，忽复九月九日，九为阳数，而日月并应，俗嘉其名，以为宜于长久，故以享宴高会，是月律中无射，言群木庶草，无有射而生，至于芳菊，纷然独荣，非夫含乾坤之纯和，体芬芳之淑气，孰能如此？故屈平悲冉冉之将老，思食秋菊之落英，辅体延年，莫斯之贵，谨奉一束，以助彭祖之术。"

由于陶渊明的吟咏，菊花仿佛成了他的化身，同时也由延年益寿的药物演变成了一种人生境界的象征。唐白居易《酬皇甫郎中对新菊花见忆》诗云："爱菊高人吟逸韵，悲秋病客感衰怀。黄花助兴方携酒，红叶添愁正满阶。居士荤腥今已断，仙郎杯杓为谁排。愧君相忆东篱下，拟废重阳一日斋。"其中便隐含着东篱爱菊的高人陶渊明。储光羲《仲夏饯魏四河北觐叔》诗云："落日临御沟，送君还北州。树凉征马去，路暝归人愁。吴岳夏云尽，渭河秋水流。东篱摘芳菊，想见竹林游。"这里把东篱采菊的陶渊明和魏晋竹林七贤，归入了同一个精神系列。贾岛《对菊》诗云："九日不出门，十日见黄菊。灼灼耀繁英，美人无消息。"用陶诗"芳菊开林耀"的"耀"字，点出全诗之眼。李德裕《题罗浮石（刻于石上）》："清景持芳菊，凉天倚茂松。名山何必去，此地有群峰。"如陶渊明一样菊松并列。讲究为人风骨的志士仁人，往往把陶渊明与松、菊并举。辛弃疾《水调歌头·赋松菊堂》词云："渊明最爱菊，三径也栽松。何人收拾，千载风味此山中。手把离骚读遍，自扫落英餐罢，杖屦晓霜浓。皎皎太独立，更插万芙蓉。"清代梁章钜是支持林则徐严禁鸦片，也是第一个向朝廷提出以"收香港为首务"的督抚。其《浪迹丛谈》卷十说："陶渊明爱菊，人皆知之，而于松亦三致意焉。如'三径就荒，松菊犹存'，下又云'景翳翳以将入，抚孤松而盘桓'，'青松在东园，众草没其姿'，下又云'连林人不见，独树众乃奇'皆以自况也。"菊姿松骨，已经成了陶渊明留下的一份珍贵的精神遗产。

赠羊长史 并序

左军羊长史①，衔使秦川②，作此与之。

愚生三季后③，慨然念黄虞④。

得知千载外⑤，正赖古人书⑥。

贤圣留余迹⑦，事事在中都⑧。

岂忘游心目⑨，关河不可逾⑩。

九域甫已一⑪，逝将理舟舆⑫。

闻君当先迈⑬，负痾不获俱⑭。

路若经商山⑮，为我少踌躇⑯。

多谢绮与甪⑰，精爽今何如⑱？

紫芝谁复采⑲？深谷久应无⑳。

驷马无贳患㉑，贫贱有交娱㉒。

清谣结心曲㉓，人乖运见疏㉔。

拥怀累代下㉕，言尽意不舒㉕。

【注释】

①羊长史：姓羊，名松龄。长史：将军的属官，掌理幕府事宜。羊

松龄当时是左将军檀韶的长史。

②衔使：奉命出使。秦川：关中一带。

③愚：自谦之辞。三季：指夏、商、周三代之末。

④黄虞：黄帝、虞舜。

⑤千载外：千年以前。

⑥赖：依靠。

⑦余迹：遗迹。

⑧中都：中原长安、洛阳一带。

⑨游心目：游心娱目。

⑩关河：关隘河流。逾：越。

⑪九域：九州。甫：开始，刚刚。一：统一。

⑫逝：语气助词。理舟舆：整顿车船，准备出发。

⑬迈：往。

⑭负疴：抱病。不获：不得。

⑮商山：地名。在今陕西商县东南。秦汉之际，著名隐士东园公、绮里季、夏黄公、甪里先生隐居于此，号"商山四皓"。

⑯踌躇：停留，驻足。

⑰谢：问候。绮与甪（lù）：绮里季和甪里先生。

⑱精爽：精神。

⑲紫芝：灵芝。据隋释智匠《古今乐录》，四皓隐居商山时，作歌曰："莫莫高山，深谷逶迤。晔晔紫芝，可以疗饥。唐虞世远，吾将何归？驷马高盖，其忧甚大。富贵之畏人兮，不若贫贱之肆志。"

⑳应：应是。表示推测。

㉑驷马：车子，这里指富贵。贳患：免祸。贳（shì）：宽纵。《高士

传》载《四皓歌》："驷马高盖，其忧甚大。富贵之畏人兮，不如贫贱之肆志。"

㉒交：逢，遇到。娱：快乐之事。

㉓清谣：清新的歌谣。指《紫芝歌》。结：连结。心曲：内心深处。

㉔乖：乖离。运：世运。疏：远。

㉕拥怀：积累于心。累代：许多代。

㉖舒：伸展。

【串讲】

诗前小序说：左将军长史羊松龄奉命出使秦川，我写这首诗赠给他。

诗中大意如下：

我生在夏、商、周三代的末世之后，深怀感慨地想念着黄帝、虞舜的时候。能知道千年以前的事情，全靠古人留下的书册。圣贤们留下的遗迹，样样都在中原一带的古都。岂曾忘记要去那里游览的心愿，无奈关陇河流不可逾越。如今九州刚刚开始统一，我正整顿车船准备上路。听说您要先去那里，不巧我正好生病不能与您同行。您若路过商山脚下，请为我稍稍停留一下。多多致意绮里季和甪里先生，问候他们的精神如今还好吗？山中的灵芝还有什么人采，深深的山谷想来恐怕早已荒芜。高车驷马无法避免祸患，贫贱的生活也能遇到快乐。那清新的歌谣始终萦绕在我的心底，但他们人已远去世道也已远离。在许多世代之后我满怀着对他们的钦敬，却感到话已说完心意还没有完全表出。

【点评】

自东晋南渡，中原一带很长一段时间沦于北方民族的铁蹄。陶渊明身在长江边，心却时时牵系着那一片华夏文明的故土。晋义熙十三年（公元 417 年），刘裕伐后秦攻入长安，国家一度出现一种趋向统一的势头，多年怀想的一游中原故地的愿望，眼看就能实现，对此，陶渊明当然是心怀欣喜的。当他的朋友羊松龄奉命要去出使秦川时，便写了这首诗相送。但就在这种时候，他更多流露的，却仍然是对富贵功名的毫无兴趣。中原让他怀想的，不光有黄帝、虞舜、夏、商、周这些前代盛世，以及它们留下的遗迹，而且有"商山四皓"这样的避世高人。而诗的表现重心，正在嘱咐羊长史路经商山时代他向他心仪的前代隐士致意。这也隐隐透露出他对时世的一种看法，虽然说"九域甫已一"，但陶渊明对世道人心的那一种悲观，那一种末世感觉，仍然像一种底色，渗透在他的整个人生作为里。说是为朋友赠别，实际也是在为自己表明心曲。陶渊明在大文化观上关心黄帝、虞舜、夏商周三代的传统，在个人心情上仰慕商山四皓的传统。关于商山四皓，《史记·留侯世家》记述，汉十二年（公元前 195 年），汉高祖刘邦欲易太子，君臣劝谏不听，太子听从张良的建议请来当时四位著名的隐士。"四人从太子，年皆八十有余，须眉皓白，衣冠甚伟。上怪之，问曰：'彼何为者？'四人前对，各言名姓，曰东园公，甪里先生，绮里季，夏黄公。上乃大惊，曰：'吾求公数岁，公辟逃我，今公何自从吾儿游乎？'四人皆曰：'陛下轻士善骂，臣等义不受辱，故恐而亡匿。窃闻太子为人仁孝，恭敬爱士，天下莫不延颈欲为太子死者，故臣等来耳。'上曰：'烦公幸卒调护太子。'"西晋皇甫谧《高士传》卷中记载："四皓者，……皆修道洁己，非义不动。秦始皇时，见秦政虐，乃退入蓝田山，而作歌曰：'莫莫高山，深谷逶迤。晔晔紫芝，可以疗饥。唐虞世远，吾将何归。驷马高盖，其忧甚大。富贵之畏人，不如贫贱之肆志。'乃共入商洛，隐地肺山（即商山），以待天下定。及秦败，汉高闻而征之，不至。深自匿终南山，不能屈己。"陶渊明与商山四皓相距已经六百年，但他还要嘱咐自己的朋友："路若经商山，为我少踌躇。"再过三百余年，李白也写了《商山四皓》诗，云："白发四老人，昂藏南山侧。偃卧松雪间，冥翳不可识。云窗拂青霭，石壁横翠色。龙虎方战争，于焉自休息。秦人失金镜，汉祖升紫极。阴虹浊太阳，前星遂沦匿。一行佐明圣，倏起生羽翼。功成身不居，舒卷在胸臆。窅冥合元化，茫昧信难测。飞声塞天衢，万古仰遗则。"李白阐释的商山四皓精神，是偃卧南山，观察天下形势，辅翼太子成功，而后功成身退。这正体现着李白的从政理想；而陶渊明重视的却是商山四皓"富贵之畏人，不如贫贱之肆志"，安于贫贱，不愿因荣华富贵给自己套上枷锁的自由追求。

国学经典丛书 第二辑

和胡西曹示顾贼曹

蕤宾五月中^①，清朝起南飔^②。

不驶亦不迟^③，飘飘吹我衣。

重云蔽白日，闲雨纷微微。

流目视西园^④，晔晔荣紫葵^⑤。

于今甚可爱，奈何当复衰^⑥。

感物愿及时^⑦，每恨靡所挥^⑧。

悠悠待秋稼，寥落将赊迟^⑨。

逸想不可淹^⑩，猖狂独长悲^⑪。

【注释】

①蕤（ruí）宾：即五月。古人以乐中十二律配十二月，蕤宾当仲夏之月，即五月。

②飔（sī）：凉风。

③驶：迅疾。迟：缓慢。

④流目：放眼随意观览。

⑤晔晔：繁盛鲜明的样子。荣：茂盛。紫葵：蔬菜名。

⑥衰：败落。

⑦感物：有感于物。及时：及时行乐。

⑧每恨：常恨。靡：无。挥：举杯饮酒。

⑨寥落：冷清的样子。赊迟：缓慢。

⑩逸想：奔逸的情思。淹：滞留。

⑪猖狂：这里指感情激荡的样子。

【串讲】

胡西曹、顾贼曹是什么人，现在已不可知。从称呼看，似乎都是陶渊明做着小官的朋友。"西曹"，又叫"功曹"，主管吏及选举事；"贼曹"，主管捕盗及刑法；都是州郡佐吏。诗题中的意思是，这首诗是陶渊明用来和胡西曹的，兼带着也给顾贼曹看。诗中大意是：

仲夏五月，清晨吹起了南风。风吹得不急也不缓，飘飘地掀拂着我的衣襟。层层阴云遮蔽了太阳，悠闲的细雨纷纷飘洒。随意放眼看了看西园，一片鲜亮，紫葵生长得正茂盛。现在看起来真是很可爱，怎奈它还会再一次凋萎。有感于物，我愿及时行乐，常常怅恨没有酒饮。慢慢等待着秋天庄稼的丰收，寂寥的日子过去得多么迟缓。奔逸的情思不肯止息，激动不已独自长悲。

【点评】

这是一个五月的早晨，刮着微微的南风，下着纷纷的细雨，看着菜园中茂盛的紫葵，陶渊明的心情很愉快。但一想到这么鲜亮的紫葵，终究还是要变得凋残，他就又起了一种人生的无常的感慨，并因而想到了及时行乐，想到了自己常常无酒可饮。到秋天庄稼成熟，还需要很长一段日子，无酒可饮的日子过起来是多么寂寞漫长。他的思绪仿佛飘到了很远的地方，情绪激动起来又独自觉得悲凉。诗中最动人的，是他对清风细雨的描写，和他"流目视西园"时的那种洒脱神情，因了这些具体的意象，虽然作品后半部也写到了他的凄悲愁怅，但整首诗的情调仍然显得相当清新快乐。正如前面《赠羊长史》对一位奉命出使的官员谈论商山四皓一样，此诗对两位州郡佐吏谈论乡间日常生活，都是有点出人意料，但由此也正可见出陶渊明的真正的生活注意力在什么地方。

五月正是青黄不接的时节，微雨使园蔬肥绿，但是等待秋天庄稼成熟，还有一段悠悠的时光。对于生活只及温饱的诗人，虽然有南风"飘飘吹我衣"，也不能发出快哉斯风的逸兴。现实的态度只能是"感物愿及时"。这里不是静止地看风景，而是在季节的变换中与作物的生长同悲同欢。唐杜秋娘《金缕衣》诗："劝君莫惜金缕衣，劝君须惜少年时。花开堪折直须折，莫待无花空折枝。"以花喻人，要人们像把握好花开时节一样，把握好青春年华，正与陶渊明的"感物愿及时"思想遥呼应。宋代欧阳修《减字木兰花》词："留春不住，燕老莺慵无觅处。说似残春，一老应无却少人。风和月好，办得黄金须买笑。爱惜芳时，莫待无花空折枝。"苏轼《杭州牡丹开时仆犹在常润周令作诗见寄次其韵复次一首送赴阙》诗云："羞归应为负花期，已是成阴结子时。与物寡情怜我老，遣春无恨赖君诗。玉台不见朝酣酒，金缕犹歌空折枝。从此年年定相见，欲师老圃问樊迟。"黄庭坚《南乡子》词："黄菊满东篱。与客携壶上翠微。已是有花兼有酒，良期，不用登临恨落晖。

满酌不须辞。莫待无花空折枝。寂寞酒醒人散后，堪悲。节去蜂愁蝶不知。"都是沿袭了陶渊明、杜秋娘的思想。

始作镇军参军经曲阿作

弱龄寄事外①，委怀在琴书②。

被褐欣自得③，屡空常晏如④。

时来苟冥会⑤，宛辔憩通衢⑥。

投策命晨装⑦，暂与园田疏⑧。

眇眇孤舟逝⑨，绵绵归思纡⑩。

我行岂不遥，登降千里余⑪。

目倦川途异⑫，心念山泽居。

望云惭高鸟⑬，临水愧游鱼。

真想初在襟⑭，谁谓形迹拘⑮。

聊且凭化迁⑯，终返班生庐⑰。

【注释】

①弱龄：少年时。寄事外：寄心人事之外。事：指复杂的人事关系和社会事务。

②委怀：倾心。

③被褐（pī hè）：穿着粗布衣。褐：粗毛布。典出《老子》："是以圣人被褐而怀玉。"欣自得：欣然自得。

④屡空：食器常空着，指贫穷。典出《论语·先进篇》："子曰：

回也其庶几乎！屡空。"晏如：安乐的样子。

⑤时：时机，时运。苟：暂且。冥会：暗合。

⑥宛辔（pèi）：调转马头。宛：曲。辔：马缰。憩（qì）：休息。通衢（qú）：大道，喻仕途。

⑦投策：丢下拐杖。命晨装：准备早晨的车马。

⑧疏：疏远。

⑨眇眇：遥远的样子。

⑩绵绵：连绵不断的样子。纡：萦绕。

⑪登降：登高下低。

⑫倦：疲，厌。

⑬望云惭高鸟：望见云中自由飞翔的鸟儿便感到惭愧。

⑭真想：保持人的自然本性的愿望。真：指人的自然本性。初：全，始终。襟：胸怀。

⑮形迹：身体和行迹。拘：束缚。

⑯聊且：暂且。凭：听凭。化迁：自然的变化。

⑰终：终将。班生庐：隐士的居所。典出东汉班固《幽通赋》："终保已而贻则兮，里上仁之所庐。"

【串讲】

这首诗是陶渊明初任镇军将军刘裕的参军，途经曲阿时写的作品。曲阿为地名，在今江苏丹阳。诗中大意是：

我自少年时就寄心人事之外，倾心于弹琴读书这样的生活。穿着粗布衣却欣然自得，饭碗常常空着仍旧很快乐。暂且顺随偶然的机会，调转马头走上这仕途。丢下拐杖准备早晨出行的车马，暂时远离了田园村庄。一叶孤舟远远离去，归思绵绵萦绕不绝。我所去的地方难道不算远？爬山涉水也足有千余里。眼里看倦了异地的山川，心中挂念着山泽间的旧居。抬头望见云中飞翔的鸟儿，低头看到水里的游鱼，都会自觉惭愧。一开始就有保持自然本性的愿望，谁想到却受到身体行迹的束缚。姑且听任自然的变化吧，最终我还将回到班固称赞过的那种庐舍。

【点评】

此诗借出仕的契机，思考自己精神指向的暂、苟与常、终等命题。思考的标准在于自己的真性情、真怀抱。诗中采取对比性表达：才上任就开始反思，陶渊明的出仕，真是有违他的天性。一个心寄事外，委怀琴书的人，一个"被褐屡自得，屡空常晏如"的人，如何适应官场那不自由的生活？陶渊明的苦恼是真实的，他对乡土田园的眷恋也是真实的，虽然这里头也可能有某些政治上的难言之隐。人们常常从陶渊明对官场的厌倦里，去寻找他对于具体政治的态度。或许从这些地方，我们还真能有些什么收获。但陶渊明的政治态度和他写这种怀乡诗歌的动机，还是不足以正面解释这些诗歌所具有的艺术魅力。对读者来说，真正动人心弦的，是作品所表现的那共通的人性。对家乡的眷恋，对悠闲生活的向往，对仕途生活束缚人性一面的嫌恶，对艰苦的行旅生活的厌倦，才使我们读到诸如"眇眇孤舟逝，绵绵归思纡""目倦川途异，心念山泽居。望云惭高鸟，临水愧游鱼"一类的诗句，而让我们深为感动。

这是陶渊明感人至深的乡愁。在中国文学史上，最早使用乡愁一语的，是唐代的杜甫和岑参，杜甫《和裴迪登蜀州东亭送客逢早梅相忆见寄》诗云："东阁官梅动诗兴，还如何逊在扬州。此时对雪遥相忆，送客逢春可自由。幸不折来伤岁暮，若为看去乱乡愁。江边一树垂垂发，朝夕催人自白头。"写岁月催人老，岁暮怀乡，看梅搅动乡愁。边塞诗人岑参三咏乡愁，《宿关西客舍寄严许二山人》诗云："孤灯然客梦，寒杵捣乡愁。"《送韦侍御先归京》诗云："客泪题书落，乡愁对酒宽。"《武威春暮，闻宇文判官西使还，已到晋昌》诗云："塞花飘客泪，边柳挂乡愁。"诗境各自不同而乡愁如一。今人余光中《乡愁四韵》说："给我一瓢长江水啊长江水，酒一样的长江水。醉酒的滋味，是乡愁的滋味……"诗中从象征中华民族的长江水到腊梅香里母亲的芬芳，都牵动着乡愁的烧痛。席慕容《乡愁》说："故乡的歌是一支清远的笛，总在有月亮的晚上响起。故乡的面貌却是一种模糊的怅惘，仿佛雾里的挥手别离。离别后，乡愁是一棵没有年轮的树，永不老去。"这和陶渊明眇眇绵绵的乡愁，和他"望云惭高鸟，临水愧游鱼"所牵动的情思，是古今一贯的。

庚子岁五月中从都还阻风于规林二首

其一

行行循归路①，计日望旧居②。

一欣侍温颜③，再喜见友于④。

鼓棹路崎曲⑤，指景限西隅⑥。

江山岂不险，归子念前涂⑦。

凯风负我心⑧，戢枻守穷湖⑨。

高莽眇无界⑩，夏木独森疏⑪。

谁言客舟远，近瞻百里余⑫。

延目识南岭⑬，空叹将焉如⑭！

【注释】

①行行：走啊走。循：沿着。

②计日：数着日子。

③欣：高兴。侍：侍奉。温颜：温暖的面容，这里指母亲。

④友于：兄弟。

⑤鼓棹：划船。棹：船桨。

⑥指景：指着太阳。景：日影。限：限定。西隅：西山边。隅：边缘、角落。

⑦归子：回家的人。

⑧凯风：南风。

⑨戢枻：收起船桨。守：停靠。穷湖：荒僻的湖泊。

⑩高莽：高高的野草。眇：幽远辽阔。无界：没有边际。

⑪森疏：枝叶茂盛的样子。

⑫瞻：望。

⑬延目：纵目观望。南岭：指庐山。

⑭焉如：如何。

【串讲】

庚子岁是晋安帝隆安四年（公元 400 年），这一年，作者大约正在荆州刺史桓玄的幕中任职。这一次就是奉桓玄之命到京都建康办事，回来顺道到浔阳探亲，船行至规林时被大风所阻挡。诗中写道：

走啊走啊沿着归家的路，数着日子盼望见到旧日的居处。第一高兴的是又能侍奉母亲温暖的容颜，第二欢喜的是又能见到亲爱的兄弟。划着船一路历经崎岖，指着日影打算在日落的时分就回到家园。岂不知江山道路的艰险，只是回家的人总是想着前边的路途。南风辜负了我的心意，只好收起船桨停靠在这一片荒僻的湖泊。四周高高的野草幽远辽阔，无边无际，只看见夏天的树木枝叶茂密扶疏。谁说游子的船儿离家远，抬头近看不过百余里的路程。展眼望去认得出南边的庐山，但船行阻风空自感叹又能怎么办呢？

【点评】

诗人急急归家的行程被忽然刮起的南风所阻断，泊舟在一片荒僻的湖泊里，展眼就能望见家乡的南山，算起路程来也不过百余里，但就是无法动身，那一份思家的急切，短短几句言语如何能说得清？这首诗的前半部分，主要表现归家路上那急于见到亲人的心情，后半部分写船因阻风暂泊于规林。"指景限西隅"一句，一般认为是说日已黄昏，但从前后的句子看，更可能是说原打算在天黑前赶回家。"计日"和"指景"，所说的都是一种急于归家的心情。旅途的荒凉和风波的难料，更反衬出了家的温暖和安宁，"穷湖"景象，看上去像是周围环境的客观描绘，其实也渗透着作者深切的思想感情，这种"有家难归"的境遇，对一个本来就对仕宦生活不怎么感兴趣的人，能激发出什么样的感慨呢？本篇只是一个铺垫，要更清楚地了解，还得看它的后篇。

值得注意的还有此诗的开头："行行循归路，计日望旧居。"这种以"行行"打头的句式，亦见于陶渊明的《乞食诗》："行行至斯里，叩门拙言辞。"但这种句式，其实还有更古老的起源，汉乐府古辞《古步出夏门行》云："行行复行行，白日薄西山。"《古诗十九首》云："行行重行行，与君生离别。"魏文帝曹丕《杂诗》："西北有浮云，亭亭如车盖。惜哉时不遇，适与飘风会。吹我东南行，行行至吴会……"行行，指旅途行色匆匆，多受山川风浪阻隔，以此写怀乡、怀人，情感至为深切。

其二

自古叹行役①，我今始知之！
山川一何旷②，巽坎难与期③。
崩浪聒天响④，长风无息时。
久游恋所生⑤，如何淹在兹⑥。
静念园林好，人间良可辞⑦。

当年讵有几^⑧，纵心复何疑^⑨！

【注释】

①行役：行旅差役。

②一何：多么。旷：空阔。

③巽坎（xùn kǎn）：《易·说卦》云"巽为木，为风……坎为水"，巽坎指风波。难与期：难以预测。期：预料，预期。

④崩浪：狂波巨浪。聒天：震天。聒：喧嚷。

⑤所生：指父母。

⑥淹：滞留。兹：此。

⑦人间：指官场社会。良：真的。

⑧当年：壮年。讵：岂。

⑨纵心：放任自己的内心想法。

【串讲】

自古人们就感叹行役之苦，我到今天才明白了它的情味。山川多么空旷辽阔，风波不定难以预期。狂波巨浪震天喧响，大风吹起没有停息。久游在外恋念生身的母亲，如何就滞留在了这里。静静地思念家乡园林的美好，顿觉官场社会的生活真可以告辞。人生的壮盛之年能有多久呢？放任自己的内心想法吧，这还有什么可疑虑的呢？

【点评】

本篇紧承上篇，抒发作者厌倦行役，恋念故园的心绪。两篇应看作一个有机的整体，只有有了上篇的铺垫，此篇所发议论才显得自然而踏实。因船行阻风而识得了行役之苦，"山川一何旷，巽坎难与期"，是对上篇所写具体遭遇的一种抽象，同时也是人生认识上的一种提升，这里说到的"巽坎难与期"，所指显然已不限于自然的风波。这就使紧随着的"崩浪聒天响，长风无息时"，在写实的描绘之外，染上了一层象征的色彩；而"久游恋所生，如何淹在兹"的"兹"，就既指规林这个船行滞留的具体地点，又指游宦生活这样一种人生境遇。"静念园林好，人间良可辞"，是一种典型的陶渊明式的价值判断，作出这种判断的关键，就在他对自我生命的珍惜，而这珍惜又是和"纵心"这一对个人自由的要求联系在一起的。

陶渊明此诗的开篇一叹，堪称千古之叹："自古叹行役，我今始知之!"羁旅行役诗倾吐了诗人远离家乡的漂泊无定、艰难困苦，抒发了内心孤独、凄凉之时的思乡之情。何人没有故乡？一旦远离，天涯海角，世事沧桑，乡土梦就成了感伤的审美酵素，从苦涩中提炼着温情。李白《春夜洛城闻笛》："谁家玉笛暗飞声，散入春风满洛城。此夜曲中闻折柳，何人不起故园情!"温庭筠《商山早行》："晨起动征铎，客行悲故乡。鸡声茅店月，人迹板桥霜。槲叶落山路，枳花明驿墙。因思杜陵梦，凫雁满回塘。"一端连着叹行役，另一端连着故园情，在这些诗篇中依稀都有陶渊明千古一叹的深沉回响。

辛丑岁七月赴假还江陵夜行涂口

闲居三十载，遂与尘事冥①。

诗书敦宿好②，林园无俗情③。

如何舍此去，遥遥至西荆④。

叩枻新秋月⑤，临流别友生⑥。

凉风起将夕，夜景湛虚明⑦。

昭昭天宇阔⑧，晶晶川上平⑨。

怀役不遑寐⑩，中宵尚孤征⑪。

商歌非吾事⑫，依依在耦耕⑬。

投冠旋旧墟⑭，不为好爵萦⑮。

养真衡茅下⑯，庶以善自名⑰。

【注释】

①尘事：世俗之事。冥：暗，不明。

②敦：厚，增益。宿好：旧好，指一向所喜欢的事物。

③俗情：世俗之情。

④西荆：即荆州。

⑤叩枻：划船。枻（yì）：短桨。

⑥友生：朋友。

⑦夜景：夜色。湛：清澈。虚明：空明。

⑧昭昭：明亮的样子。

⑨晶（jiǎo）晶：明亮。

⑩怀役：心里牵挂着职事。役：事。不遑：不暇。

⑪中宵：半夜。

⑫商歌：商调的歌。商是古代音乐中的五音之一，歌调悲凉。《淮南子》里说，卫人宁戚曾唱商歌向齐桓公自荐，桓公因而重用了他。

⑬耦耕：两人并肩耕作。这里是用《论语》中长沮、桀溺耦耕避世的故事，表达自己的隐居意愿。

⑭投冠：抛弃冠冕，指弃官。旋：回。旧墟：旧日所居之地。

⑮好爵：高官厚禄。萦：牵缠。

⑯养真：修养、保持人的天性。衡茅：简陋的屋舍。衡：衡门，横木为门。《诗经·陈风·衡门》云："衡门之下，可以栖迟。"

⑰庶：庶几。大约，也许。

【串讲】

辛丑岁即晋安帝隆安五年（公元 401 年），这年，陶渊明仍在荆州刺史桓玄的幕中任职。"赴假"是说回家休假，"还江陵"是说假期结束又回荆州任职。"涂口"，在今湖北安陆境内。一作"途中"。这首诗即是陶渊明在休假结束后回江陵的途中所作。

诗里说：长期的闲居生活，使自己对世间之事缺乏了解。整天诵读诗书的日子使自己一向的爱好日益加深，林园中的生活也没有复杂的世俗情事。为什么丢下这种日子，远远地跑到家乡西边的荆州去做官，自己似乎也有点想不通。在新秋月上时分挥动船桨，在水边告别了朋友。清凉的秋风在黄昏时吹起，夜色清澈空明。天宇空阔而明亮，川原平旷，四处映着月辉。心中牵挂着职务上的事顾不上睡觉，时至半夜仍在独自赶路。像宁戚那样唱着商调的歌曲自荐，谋求官场上的出路，本来就不是我这样的人的事，让我留恋的还是长沮、桀溺那样的耦耕生活。正因如此，我终将抛弃冠冕回到旧日的居处，不再为高官厚禄的诱惑束缚身心。在简陋的屋舍间保养自己的天性，也许还可以给自己留下一个好声名。

【点评】

关于此诗开头提到的"闲居三十载"是否确指，或"三十"为"二十"之误，学者素有不同说法，从诗意的理解看，原不必过于拘泥于此。全诗结构可分三节，从起首到"如何舍此去，遥遥至西荆"为第一节，回顾早年生活、性情，突出自己对世情的无知，已然透露出一种悔意。第二节从"叩枻新秋月"起，至"中宵尚孤征"，写旅途情景。"商歌非吾事"以下，声明自己的志趣，表达终当归隐的决心。诗中关于新秋月上之时川原景色的描写，清旷辽阔，十分优美。

诗中的"商歌非吾事，依依在耦耕"之句，实际上摆出了南辕北辙的两条人生道路。商歌是宁戚击牛角所唱的歌。西汉刘安《淮南子·道应训》说："宁越欲干齐桓公，困穷无以自达，于是为商旅，将任车，以商于齐，暮宿于郭门之外。桓公郊迎客，夜开门，辟任车，爝火甚盛，从者甚众，宁越饭牛车下，望见桓公而悲，击牛角而疾商歌。桓公闻之，抚其仆之手曰：'异哉，歌者非常人也！'命后车载之。桓公及至，从者以请。桓公赣之衣冠而见，说以为天下。桓公大说……"商歌就是生意歌。宁戚由击牛角作商歌，被齐桓公拜为大夫，在齐桓公主称霸事业中做出了重要贡献。陶渊明拒绝宁戚商歌求进的行为，而向往长沮、桀溺隐逸耦耕的生活方式。《论语·微子篇》："长沮、桀溺耦而耕，孔子过之，使子路问津焉。长沮曰：'夫执舆者为谁？'子路曰：'为孔丘。'曰：'是鲁孔丘与？'曰：'是也。'曰：

'是知津矣。'问于桀溺。桀溺曰：'子为谁?'曰：'为仲由。'曰：'是鲁孔丘之徒与?'对曰：'然。'曰：'滔滔者，天下皆是也，而谁以易之? 且而与其从辟人之士也，岂若从辟世之士哉!'耰而不辍。子路行以告。夫子怃然曰：'鸟兽不可与同群，吾非斯人之徒与而谁与? 天下有道，丘不与易也。'"这正表达出他乐于避世，追求自由的精神境界。

癸卯岁始春怀古田舍二首

其一

在昔闻南亩①，当年竟未践②。

屡空既有人③，春兴岂自免④。

夙晨装吾驾⑤，启涂情已缅⑥。

鸟哢欢新节⑦，泠风送余善⑧。

寒竹被荒蹊⑨，地为罕人远。

是以植杖翁⑩，悠然不复返。

即理愧通识⑪，所保讵乃浅⑫。

【注释】

①在昔：先前。南亩：指农田。

②未践：未曾亲自做过。

③屡空既有人：常常贫困。《论语·先进篇》里说："回也其庶乎！屡空。"这里是借颜回的典故，表示自己的安贫乐道。

④春兴：春天的劳作。

⑤夙：早。驾：车子。

⑥启涂：启程，上路。缅：远。

⑦哢（lòng）：鸟叫。新节：新春时节。

⑧泠风：小风，和风。

⑨被：覆盖。蹊：小路。

⑩是以：因此。植杖翁：指隐士。《论语·微子篇》："子路从而后，遇丈人，以杖荷蓧。子路问曰：'子见夫子乎?'丈人曰：'四体不勤，五谷不分，孰为夫子?'植其杖而芸。子路拱而立，止子路宿。……明日，子路行，以告。子曰：'隐者也。'使子路反见之。至，则行矣。"

⑪即理：这种道理。通识：通达之见。"即理愧通识"是说讲这种隐居的道理是有愧于通达的见识的。

⑫保：保全。讵：岂。

【串讲】

从前听说过农田里的劳作，当年竟没有亲自做一做。如今既然像颜回一样常常贫困，春天开始耕种时又怎能再偷懒。一大早准备好车子，上路时心已飞到了田间。鸟声欢唱着新春，小风送来无尽的爽快。耐寒的竹子覆盖着荒僻的小径，这地方因为少有人来，所以显得离尘世很远。这才明白当年植杖而耕的那老人，何以悠然不愿再回俗世。说起这种隐居的道理虽然有愧于"通识"，但因这种生活而保全的，难道就没有深刻的东西吗?

【点评】

才开始田间劳动的作者，一方面对这种自然的生活充满了喜悦，另一方面也在思想上为自己的选择进行着默默的争辩。诗题中的"怀古田舍"，就是在田舍中怀古的意思。所怀的对象，都是当年与孔子有过思想冲突的隐者。这事实上，也是作者自己有关"出世"或"入世"的两种不同思想的斗争。新春田间生活的美好，让他觉得深深地理解了"植杖翁"，但从道理上讲起来，又觉得有愧于像孔子这样的"通识"之人。所以，在诗的最后他问自己，过这种躬耕避世的生活，所保全的难道就都是浅陋的东西吗？

诗中有句"鸟哢欢新节"，这个"哢"实在是用得好。哢的意思，一是如《广韵》所说的"鸟吟"。如《左思·蜀都赋》中的："云飞水宿，哢吭清渠。"二是指乐声，如清朝姚鼐《往与长沙郭昆甫游》诗中的："居然雅乐发遗音，岂肯繁弦奏新哢？"由此看，诗中的"哢"，形容的就是如同音乐一般悦耳的鸟鸣声。曾为陶渊明作传的梁昭明太子萧纲，就对这个"哢"字极感兴趣，其《和林下妓应令诗》云："炎光向夕敛，促宴临前池。泉将影相得，花与面相宜。簾声如鸟哢，舞袂写风枝。欢乐不知醉，千秋长若斯。"唐宋以降，诗人对这个奇妙的字，用得就更经常。韦应物《简卢陟》诗云："涧树含朝雨，山鸟哢余春。"韩愈《送郑十校理》诗云："鸟哢正交加，杨花共纷泊。"欧阳修对这个"哢"字更是情有独钟，在其诗中竟用了六次之多。《与李献臣宋子京春集东园》诗云："鸟哢已关关，泉流初决决。"《雪晴》诗云："人闲乐朋友，鸟哢知时节。"《和游午桥庄》诗云："鸟哢林中出，泉声冰下流。"《送高君先辈还家》诗云："风晴秀野春光变，梅发家林鸟哢轻。"《题张损之学士兰皋亭》诗云："雨积蛙鸣乱，春归鸟哢移。"《初春》诗云："风丝飞荡漾，林鸟哢交加。"苏辙、黄庭坚、陆游等人，也无不使用过这个"哢"字。陶渊明对这个字的率先使用，可谓给千古诗坛带来一阵悦耳的音符。

其二

先师有遗训[①]，忧道不忧贫[②]。

瞻望邈难逮[③]，转欲志长勤[④]。

秉耒欢时务⑤，解颜劝农人⑥。

平畴交远风⑦，良苗亦怀新⑧。

虽未量岁功⑨，即事多所欣。

耕种有时息，行者无问津⑩。

日入相与归⑪，壶浆劳新邻⑫。

长吟掩柴门，聊为陇亩民⑬。

【注释】

①先师：指孔子。

②忧道不忧贫：语出《论语·卫灵公篇》，原话是："子曰：'君子谋道不谋食。耕也馁在其中矣；学也禄在其中矣。君子忧道不忧贫。'"

③瞻望：抬头仰望。邈：远。逮：及。

④长勤：长期劳动。

⑤秉：操持。耒：犁把。泛指农具。时务：按节令进行的农活。

⑥解颜：开颜。劝：勉励。

⑦平畴：平坦的田野。交：吹过。

⑧怀新：孕育着新的生机。

⑨量：计算。岁功：一年的收成。

⑩行者无问津：这里又是借《论语》中的典故，表达自己避世的情怀。《论语·微子篇》："长沮、桀溺耦而耕，孔子过之，使子路问津焉。长沮曰：'夫执舆者为谁？'子路曰：'为孔丘'。曰：'是鲁孔丘欤？'曰：'是也'。曰：'是知津矣。'问于桀溺。桀溺曰：'子为谁？'曰：'为仲由'。曰：'是鲁孔丘之徒欤？'对曰：'然'。曰：'滔滔者，天下皆是也，而谁以易之？且而与其从辟人之士也，岂若从辟世之士哉？'耰

而不辍。"津：渡口。

⑪日入：日落。

⑫壶浆：酒。劳：慰劳。

⑬陇亩民：农人。

【串讲】

先师孔子曾留下教导说："君子忧道不忧贫。"抬头仰望，觉得这个目标过于高远，对我有些不可企及，转念就想致力于劳动养活自己。拿起农具高高兴兴按时耕种，和颜悦色劝勉农人安于自己的生活。平旷的田野上吹过从远方刮来的风，长势良好的麦苗也饱含着新的生机。虽然还未能估计出一年的收成有多少，但眼前的一切就足以让人高兴了。耕种的过程中有时也休息，却没见有人像子路一样来问路。太阳落山时大家相伴回家，拿出酒浆来招待四邻。长吟着歌诗关起柴门，暂且让我安心做田野间的农民。

【点评】

"怀古田舍"的第二首，一开篇就揭出孔子"忧道不忧贫"的古训，对此，作者并不觉得有什么不对，只是觉得它过于渺远，不切自己的生活实际。从自己的生活出发，他所选择的还是勤勉耕作，自己养活自己的道路。而从具体的农业劳动中，他也切实感受到了生活的乐趣。不论是吹过的田野的风，还是欣欣然露出新的生机的麦苗，都让他感觉愉快。"平畴交远风，良苗亦怀新"，这是乐于归耕的田园诗人才能感觉到的生命消息，才能发现的美学形态。一经感觉和发现，便成自然浑成的妙句。"虽未量岁功，即事多所欣"，劳动的意义并不仅仅在收获，那一过程本身，其实就寓含着生活的意义。在劳动的间隙，休息的时候，他有时又会想起孔子的故事，觉得自己像是"长沮、桀溺一类的人物"，因而就觉奇怪，怎么就没有一个"子路"来问津。这是一个颇有些幽默意味的联想，它同时也透露出，对于世道的兴衰，陶渊明仍是不能全然忘情。虽然自己选择了隐居的生活，但对孔子、子路一类的人物，从心底里还是存有某种希冀。

应该说，这首诗最突出的贡献，是在田畴新苗上，做出了新的审美发现。北宋阮阅《诗话总龟前集》卷七说："陶靖节诗云：'平畴交远风，良苗亦怀新。'古之耦耕植杖者，不能此语。非余老农，亦不识此语之妙。"（《王直方诗话》）与阮阅相先后的张表臣《珊瑚钩诗话》卷一也说："东坡称陶靖节诗云：'平畴交远风，良苗亦怀新。非古之耦耕植杖者，不能识此语之妙也。'仆居中陶，稼穑是力。秋夏之交，稍旱得雨，雨余徐步，清风猎猎，禾黍竞秀，濯尘埃而泛新绿，乃悟渊明之句善体物也。"明代主张"独抒性灵"的袁中道《珂雪斋集》卷二十一《次苏子瞻先后事》说："子瞻虽未常以师道自予，而道德文章，实为诸俊人领袖……常在学士院闲坐，忽命左右取纸笔，写'平畴交远风，良苗亦怀新'两句，大书、小楷、行、草，凡写七八纸，掷笔太息曰：'好，好！'散其纸于左右。"清朝乾隆年间的薛雪《一瓢诗话》中说："'平畴交远风，良苗亦怀新'，其妙处无从下得著语，非陶靖节能赋之，实此身心与天游耳。坡公云'非古之耦耕不能道，非余之世农不能识'，正道不著也。"对陶渊明的这种审美发现的评价更进一步，认为是诗人"身心与天游"，把生命融入大自然创造出的至高境界。

乙巳岁三月为建威参军使都经钱溪

我不践斯境①，岁月好已积②。

晨夕看山川，事事悉如昔③。

微雨洗高林，清飙矫云翮④。

眷彼品物存⑤，义风都未隔⑥。

伊余何为者⑦，勉励从兹役⑧。

一形似有制⑨，素襟不可易⑩。

园田日梦想，安得久离析⑪。

终怀在归舟⑫，谅哉宜霜柏⑬。

【注释】

①践：踏。斯境：此地。

②好已积：时间已很久了。好：很。积：积聚。

③悉：皆。

④清飙：清风。飙：疾风。矫：高举。翮（hé）：鸟儿的翅膀。

⑤眷：念。品物：万物。

⑥义风：和风，使万物生长的风。隔：阻隔。

⑦伊：语气助词。余：我。

⑧从：从事。役：事，行役。

⑨形：身体。制：制约。

⑩素襟：素志。易：改变。

⑪离析：分离。

⑫终怀：最终的怀抱。

⑬谅哉：诚然。谅：信。霜柏：经霜耐寒的柏树。

【串讲】

我没有到这个地方，已经有了很多岁月。早晚看看这里的山川，一切都和从前一样。小雨冲刷净了高高的树林，清风托举着云中飞翔的鸟儿。一想到万物都自自在在，和风吹来全无阻隔。就想到我这又算是在干什么，勉强自己从事这样的工作。形体像是被什么制约着，但内心的初衷却不可改变。每天都梦想着田园，怎能长期地离开它？最终的怀抱仍在一叶归舟，那经霜耐寒的柏树，多么真诚可靠啊！

【点评】

乙巳岁是晋安帝义熙元年（公元 405 年），这一年陶渊明正做着建威将军刘敬宣的参军。钱溪在今安徽省贵池县梅根港附近，陶渊明因公赴京的途中路过此地，看着当地的山川草木，又一次产生了回归田园的思想。从诗中看，钱溪的景物给了他极佳的印象。一场小雨洗净了林木，鸟儿在清风中展翅飞翔，整个环境都给人一种清新、自在的感觉，这使苦于官场应酬的他不胜羡慕。诗篇从一开头就透露出一种对于自然山川的亲切感，这种感觉从"晨夕看山川"中不断加强，终于促使他开始反思自己的生活，从而增强了回归田园的决心。与许多士大夫文人"身在江湖，心存魏阙"不同，陶渊明的诗中反复表达了身在行役、梦归田园的精神取向。诗中虽然也有不少的议论，但整体还是给人一种清旷幽远的气息。

这还不算陶渊明田园诗的典型作品，但它已经透露了陶渊明成为田园诗开创者的精神线索。由"晨夕看山川"到"园田日梦想",由看到梦,由融入自然到融入田园,这条精神线索远远牵来,深深植入,包含着深切的生命托付。清代桐城方东树《昭昧詹言》卷一说:"宋、元、明以来有一等诗家,如《西游记》传奇所说诸色妖魔,窃取真仙宝贝一二件,自据一山洞作狡狯,寻常兵力颇难收伏,而终非上真正道。其宝贝之来历作用源头,彼皆不足以知之。如阮公(阮籍)《咏怀》,太冲(左思)《咏史》,景纯(郭璞)《游仙》,陶公田园,康乐(谢灵运)山水,太白仙酒,杜公忠主悯时,皆为妖魔所窃,而其真用皆不存也。非但诗也,文字亦然,道德政事亦然。"这是以陶渊明为田园诗的"真仙宝贝"的。陶渊明之诗,半为田园而作,洵美且异,其田园诗的纯真之美,往往为他人所不及。宋代叶梦得《避暑录话》卷上说:"张平子(东汉张衡)作《归田赋》,兴意虽萧散,然序所怀乃在'仰飞纤缴,俯畋清流','落云间之逸禽,悬清渊之钑鲔'。吾谓钓弋亦何足为乐,人生天地之间要与万物各得其欲,不但适一己也。必残暴禽鱼以自快,此与驰骋弋猎何异!如陶渊明言'携幼入室,有酒盈樽','悦亲戚之情话,乐琴书以消忧',此真得事外之趣,读之能使人盎然觉其左右草木无情物亦皆舒畅和豫。平子本见汉室多事,欲去以远祸,未必志在田园,姑有激而言耳,宜其发于胸中者与渊明不类也。"陶渊明这种胸襟诗式,影响后世形成田园诗派。唐代王维、孟浩然、储光羲、韦应物、柳宗元等人,都继承了这一传统。李白、白居易、苏轼、辛弃疾等诗词大家,都直接或间接地受到陶渊明的影响。南宋诗人范成大退居家乡后写了一组大型田园诗《四时田园杂兴》,分春日、晚春、夏日、秋日、冬日五个时段六十首诗,仔细体验田园趣味。如《夏日田园杂兴》云:"昼出耘田夜绩麻,村庄儿女各当家。童孙未解供耕织,也傍桑阴学种瓜。"《秋日田园杂兴》云:"新筑场泥镜面平,家家打稻趁霜晴。笑歌声里轻雷动,一夜连枷响到明。"都可以说是陶渊明田园趣味的生发、扩散。

戊申岁六月中遇火

草庐寄穷巷①，甘以辞华轩②。

正夏长风急，林室顿烧燔③，

一宅无遗宇④，舫舟荫门前⑤。

迢迢新秋夕⑥，亭亭月将圆⑦。

果菜始复生，惊鸟尚未还。

中宵伫遥念⑧，一盼周九天⑨。

总发抱孤念⑩，奄出四十年⑪。

形迹凭化往⑫，灵府长独闲⑬，

贞刚自有质⑭，玉石乃非坚。

仰想东户时⑮，余粮宿中田⑯，

鼓腹无所思⑰，朝起暮归眠。

既已不遇兹⑱，且遂灌我园⑲。

【注释】

①草庐：茅屋。穷巷：僻远小巷。

②华轩：华美的车子，指富贵者所乘的车。

③林室：树木环绕中的屋子。顿：立刻。燔（fán）：烧。

④遗：剩下。宇：房屋。

⑤舫舟：并在一起的两条船。荫：蔽，遮挡。

⑥迢迢：漫长。

⑦亭亭：高。

⑧中宵：半夜。伫：站立。遥念：遐想。

⑨周九天：看遍整个天地。

⑩总发：束发，总角。指少年时。孤念：不合世俗的想法。

⑪奄出：倏忽之间已超过。奄：形容时间流逝迅速。

⑫凭：听凭，任随。化：大化，自然。

⑬灵府：心灵。闲：悠闲自在。

⑭贞刚：坚贞、刚直。

⑮仰想：仰首遥想。东户：东户季子，传说中的古代帝王。《初学记》引子思子："东户季子之时，道上雁行而不拾遗，余粮宿诸亩首。"

⑯余粮：剩余的粮食。宿：停放，存储。中田：田间。

⑰鼓腹：吃饱肚子的样子。

⑱兹：此。指东户季子之时。

⑲灌：灌溉。

【串讲】

茅屋坐落在僻远小巷间，甘心辞别了富贵豪华的生活。盛夏时节刮起了大风，树木房屋顿时烧成一片。整个宅子没有留下一间屋子，只好暂住在门前树下两条并在一起的船上。漫长的初秋夜，高高的月儿看看就要圆了。果木蔬菜才开始活过来，受惊的鸟儿却还没有回来。半夜独自伫立，想着一些悠远的事情，抬头一看便看遍了整个天地。从少年时就抱着一些不合时俗的想法，转眼之间已过了四十多年。身体随着自然的变化衰老了，心灵却始终淡远悠闲。自有坚贞、刚直的品质，和它相比玉石也显得不够坚硬。抬头遥想东户季子的时代，剩余的粮食就储放在田间。吃饱肚子无所思虑，只是早晨起床夜晚安眠。既然已经遇不到这样的时候，就还是去灌溉我的田园。

【点评】

一场大火，烧去了陶渊明的屋子，却没有烧去他对生活的信念。寄居在船上的日子，肯定是艰苦的，但我们却看不到他太多的诉苦语言。"一宅无遗宇，舫舟荫门前"的情景，本该是凄惨的，但紧接着的"迢迢新秋夕，亭亭月将圆"，却将我们领入一种颇透着些清新的境界，仿佛反而因此得着了一次与自然更为接近的机缘。就是"果菜始复生，惊鸟尚未还"，也是从希望的生出，回看惊慌的时刻。虽然有"中宵伫遥念，一盼周九天"这样的句子，但让他夜不能寐的，却并非眼下的困苦，而是那一种相当深远的人生沧桑感。所谓"形迹凭化往，灵府长独闲"，读懂了这两句话，我们也就读懂了陶渊明为什么在苦难面前那么镇定、淡然。诗篇快结束时提到东户季子时代的幸福生活，好像是表现出了一种对苦难的逃避意愿，但那"既已不遇兹，且遂灌我园"的话，又很快将这种想象化成了一种幽默感。

文字记载的尽头，是口头传说，适合于后人构筑各种各样的理想世界。本诗所说的"仰想东户时，余粮宿中田，鼓腹无所思，朝起暮归眠"的邈远年代的传说，见于《初学记》引述的《子思子》，也见于西汉刘安《淮南子·缪称训》："昔东户季子之世，道路不拾遗，耒耜余粮宿诸畮首，使君子小人各得其宜也。故一人有庆，兆民赖之。"东户季子之世，并没有被正统史学整合，而楔入正统史学缝隙的，有晋皇甫谧《高士传》卷上所述："壤父者，尧时人也。帝尧之世，天下太和，百姓无事。壤父年八十余，而击壤于道中。观者曰：'大哉帝之德也。'壤父曰：'吾日出而作，日入而息，凿井而饮，耕田而食，帝何德于我哉！'"它歌颂的是一个不受帝王政治干预的田园诗式的淳朴年代民间社会。这属于道家的理想世界。《庄子·让王篇》："舜以天下让善卷，善卷曰：'余立于宇宙之中，冬日衣皮毛，夏日衣葛绤。春耕种，形足以劳动。秋收敛，身足以休食。日出而作，日入而息，逍遥于天地之间而心意自得。吾何以天下为哉！悲夫，子之不知余也！'遂不受。于是去而入深山，莫知其处。"庄子的理想世界甚至超越于儒家的尧舜盛世，而赋予更充分的自然人性和田园神韵，这就契合了陶渊明所说"既已不遇兹，且遂灌我园"的精神趣味了。

庚戌岁九月中于西田获早稻

人生归有道①，衣食固其端②；
孰是都不营③，而以求自安。
开春理常业④，岁功聊可观⑤；
晨出肆微勤⑥，日入负禾还⑦。
山中饶霜露⑧，风气亦先寒⑨。
田家岂不苦？弗获辞此难⑩。
四体诚乃疲⑪，庶无异患干⑫。
盥濯息檐下⑬，斗酒散襟颜⑭。
遥遥沮溺心⑮，千载乃相关⑯。
但愿长如此，躬耕非所叹⑰。

【注释】

①归：依。道：常理，常规。

②固：本来。端：开端，开始。

③孰：何。是：此，指衣食。营：营理。

④常业：指耕作。

⑤岁功：一年的收成。聊：略微。

⑥肆：致力。微勤：轻微的劳动。

⑦日入：日落。负：背。

⑧饶：多。

⑨风气：气候。

⑩弗获：不得。辞：推脱。此难：指劳作之苦。

⑪四体：四肢。

⑫庶：庶几，大约，或许。异患：意外的忧患。干：相犯。

⑬盥（guàn）濯：洗沐。息：休息。

⑭斗酒：杯酒。斗：酒器。散：松畅。襟颜：心胸、容貌。

⑮沮溺：长沮、桀溺，春秋时著名的隐士。

⑯相关：相通。

⑰躬耕：亲身耕种。

【串讲】

　　人生总是要依着常理，穿衣吃饭本来就是基本的开端。怎么能连衣食的事都不去经营料理，而求得生活的安定呢？开春时节就去做农活，一年的收成大约总是看得过去的。早晨出门做一点轻微的农活，太阳落山时背着稻谷回家。山中天寒，霜露较多，气候也冷得早。种田人的生活难道不辛苦？但谁也没办法推脱这一切。身体确实非常疲累，但或许不会有其他一些意外的忧患。洗完手脚到屋檐下歇一歇，喝一杯酒舒展一下襟怀和容颜。远远想见长沮、桀溺的心境，相隔千载竟然与我有些相似。但愿生活能长久如此，躬耕的劳苦没有什么可以悲叹。

【点评】

　　庚戌岁是晋安帝义熙六年（公元 410 年）。这年九月，陶渊明收完住处西边的一片稻田里的早稻，对自己的生活又生出许多的感慨。"人生归有道，衣食固其端"，这种对吃饭穿衣问题的重视，还真有点"唯物主义"的味道。

但细绎他的心思，这种对农业劳动的看重，其实仍与对精神自由的追求联系在一起。这从他的念念不忘长沮、桀溺这一点上，就可以看得很分明。不过诗中最动人的，还是他对劳动观念和劳动过程的那一种朴素描写，"山中饶霜露，风气亦先寒。田家岂不苦，弗获辞此难"，本本色色地表现出了农民的生活感情。"四体诚乃疲，庶无异患干。盥濯息檐下，斗酒散襟颜"，这就是聊以自安的东西，这种劳动后身体和精神的双重放松，不也是一种极为迷人的东西吗？

"晨出肆微勤，日入负禾还"，就是传说中壤父所说的"日出而作，日入而息"，"耕田而食，帝何德于我哉!"陶渊明远师壤父，近师春秋时与孔子打过交道的隐士长沮、桀溺，虽然已经遥隔千载，但那颗田园耕种之心，是千古一贯的。

丙辰岁八月中于下潠田舍获

贫居依稼穑①，戮力东林隈②。

不言春作苦③，常恐负所怀④。

司田眷有秋⑤，寄声与我谐⑥。

饥者欢初饱，束带候鸣鸡⑦。

扬楫越平湖⑧，泛随清壑回⑨。

郁郁荒山里⑩，猿声闲且哀⑪。

悲风爱静夜⑫，林鸟喜晨开。

曰余作此来，三四星火颓⑬。

姿年逝已老⑭，其事未云乖⑮。

遥谢荷蓧翁⑯，聊得从君栖⑰。

【注释】

①依：依靠。稼穑（sè）：耕种和收获。泛指农业劳动。

②戮力：勉力。东林隈：地名。隈：山水弯曲处，指隹落。

③春作：春耕。

④负：辜负。所怀：志愿，怀抱。

⑤司田：看管农田的人。眷：念。有秋：有收成。秋：秋天的收成。

⑥寄声：捎来的口信。谐：合。

⑦束带：束紧腰带，是饥饿的表现。候：等待。鸣鸡：天亮。

⑧扬楫（jí）：举桨划船。越：渡过。

⑨泛：漂流。壑：山沟。

⑩郁郁：草木茂盛的样子。

⑪闲：大。

⑫悲风：凄厉的风。

⑬三四：十二。星火：星名，即火星。夏历五月火星出现在正南方，六月以后偏西。颓：下移。"三四星火颓"是说经历了十二个秋天。

⑭姿年：姿容和年龄。逝：助词。

⑮乖：违背。

⑯荷蓧翁：古代隐士。《论语·微子篇》中说："子路从而后，遇丈人，以杖荷蓧。子路问曰：'子见夫子乎？'丈人曰：'四体不勤，五谷不分，孰为夫子？'植其杖而耘。"

⑰从：随。栖：居住。

【串讲】

贫穷的生活靠耕种来维持，我努力劳动在东林的山湾里。不说春天耕作的辛苦，总怕辜负了当初归隐的心意。看管农田的人眼看丰收在望，捎来的消息正合我的心意。饥饿中的人开始高兴又可以吃上饱饭，束紧了腰带期盼着鸡鸣。扬起船桨渡过宽广的湖面，沿着清清的溪谷迂回向前。草木茂盛的荒山间，猿猴的啼声显得悠闲而凄清。凄厉的秋风爱在夜间刮起，林中的鸟儿喜欢在清晨开始活动。从我开始干这种农活，到如今已过去了十二个年头，身体和年龄都已经衰老了，但却从未离开过劳动。远远地向那荷蓧的老人致意，姑且就这样让我跟您隐居下去。

【点评】

丙辰岁是晋义熙十二年（公元 416 年），到这一年，陶渊明已度过了整整十二年的隐居生活。秋天，"下潠田舍"（陶渊明的一处田庄）的看田人捎来口信，告诉他丰收在望，要他去那里收割。这消息正合了他的心意，因为从诗中看，他家的粮食已发生了短缺。划着船渡过湖面，沿着流出山沟的清流迂回前进。一路上看到的景物，不论是那山间的哀猿，还是林梢的飞鸟，都使他感觉愉快，回想这十二年的生活，他感觉相当满意。虽然生活是贫穷的，劳动是艰苦的，有时不免还要忍饥挨饿，但对当初的选择，他仍不感到后悔。劳动生活自有一份乐趣，就是"饥者欢初饱，束带候鸣鸡"这样的人生经验，也似乎寓含着一种特殊的喜悦。当然，最重要的，还是隐居生活带给他的那种精神自由。在这样的时刻，他不由得又想起了当年与子路有过对话的"荷蓧翁"，这么多年来，他一直是以他为榜样的，现在看来，这样的生活还是值得过下去的。

有历史意识的人在选择生活模式的时候，总是喜欢从历史中寻找自己的精神根基，有根基，就会心定神闲，甘苦自如。孔子周游列国，在楚国北部边境的叶县和蔡国之间的旷野上，遇到长沮、桀溺、荷蓧丈人。这里应该感谢孔门后学反复多次编成的《论语》，竟然在《微子篇》中提供了一种与忙忙碌碌的儒者不同的人生模式。《论语·微子篇》："子路从而后，遇丈人，以杖荷蓧（一种竹编的耘田盛谷种的农具）。子路问曰：'子见夫子乎？'丈人曰：'四体不勤，五谷不分，孰为夫子？'植其杖而芸。子路拱而立。止子路宿，杀鸡为黍而食之，见其二子焉。明日，子路行以告。子曰：'隐者也。'使子路反见之。至，则行矣。子路曰：'不仕无义，长幼之节，不可废也。君臣之义，如之何其废之。欲洁其身，而乱大伦。君子之仕也，行其义也。道之不行，已知之矣。'"后面子路指责荷蓧丈人"不仕无义"，应是转述孔子的话，可见荷蓧丈人与孔子有着不同的志趣，走着不同的道路。陶渊明是以荷蓧丈人的志趣为志趣的。他在《扇上画赞》中说："形逐物迁，心无常准。是以达人，有时而隐。'四体不勤，五谷不分'，超超丈人，日夕在耘。辽辽沮溺，耦耕自欣，入鸟不骇，杂兽斯群。"因此这首诗中说"遥谢荷蓧翁，聊得从君栖"，可知陶渊明抱着深深的谢意，从荷蓧丈人身上发现了自己"诗意栖居"的方式。

饮酒二十首（选十） 并序

余闲居寡欢^①，兼秋夜已长，偶有名酒，无夕不饮。顾影独尽，忽焉复醉^②。既醉之后，辄题数句自娱^③。纸墨遂多，辞无诠次^④。聊命故人书之^⑤，以为欢笑尔。

【注释】

①寡：少。

②忽焉：很快地。

③辄：往往，总是，就。

④辞无诠次：言辞没有选择，也不讲什么次序。

⑤聊：姑且。故人：旧友。

【串讲】

《饮酒》组诗，共二十首。诗前小序说：

我闲居在家，没有多少娱乐，又逢秋天的夜晚已经变长。偶然得到一些名酒，没一晚不饮几杯。看着自己的身影自斟自饮，不觉间就又喝醉了。喝醉之后，往往就写几句诗娱乐自己。纸墨就这样多了起来，言辞没有选择，也不讲什么次序。姑且让老朋友写出来，以博得他们的欢笑。

其一

衰荣无定在^①，彼此更共之^②。

邵生瓜田中^③，宁似东陵时！

寒暑有代谢^④，人道每如兹^⑤。

达人解其会^⑥，逝将不复疑^⑦；

忽与一觞酒^⑧，日夕欢相持。

【注释】

①衰荣：衰败、荣华。

②彼此：指衰荣。更：交替。共之：共为一体。

③邵生：邵平。原为秦东陵侯，秦亡后在长安城东种瓜为生，因为他种的瓜很好，人称东陵瓜。

④代谢：更替。

⑤人道：世道。每：常。如兹：如此。

⑥达人：思想通达的人。解其会：懂得道理之所在。

⑦逝：通"誓"，表示决心。

⑧忽与：忽然给了。

【串讲】

这是原组诗中的第一首。诗中大意是：

衰败、繁荣没有一定的位置，彼此总是交替出现共为一体。城东瓜田中的邵平，又怎能再像当初做东陵侯时。寒天、暑天总是交替出现，人间的道理也常常如此。通达的人都懂得这种道理，我也立誓将不再为此疑虑。忽然有人给了这杯酒，于是早晚捧杯喝个不息。

【点评】

饮酒对于陶渊明，是一种人生的境界。秋夜独饮，那意趣想来是有点儿寂寥，又有点儿自得。至于下酒的小菜，恐怕未必要置办了。因为更加有滋有味的，是对人生的品味。陶渊明这组诗，虽然不写于一时，但总体表现的，都是他对生活某一方面的认识。"衰荣无定在"一首，就所讲道理来说，不过是老子式的辩证法，举出东陵侯邵平的故事来，只是为这道理增加了一个具体的例证而已。诗的趣味本不在讲道理，陶渊明在这里要表现的，只是他的选择、他的态度。因此，那一种坦然、自信的语调，才是这首诗中最迷人的东西。

古代诗人多嗜酒，因此半部诗史与酒结下不解之缘。曹操《短歌行》引吭高唱："对酒当歌，人生几何？譬如朝露，去日苦多。慨当以慷，忧思难忘。何以解忧，唯有杜康（《博物志》曰：杜康作酒）。"而陶渊明把诗人饮酒提升为一种精神境界。《五柳先生传》中以善饮自炫，说自己："好读书，不求甚解，每有会意，便欣然忘食。性嗜酒，家贫不能常得。亲旧知其如此，或置酒而招之。造饮辄尽，期在必醉。既醉而退，曾不吝情去留。"南朝梁昭明太子萧统《陶渊明集序》，语气在欣赏中略带夸张："有疑陶渊明诗篇篇有酒，吾观其意不在酒，亦寄酒为迹者也。其文章不群，辞彩精拔，跌宕昭彰，独超众类，抑扬爽朗，莫之与京。"《晋书》卷九十四《陶潜传》记载："（四十一岁）以为彭泽令。在县，公田悉令种秫谷（酿酒的高粱），曰：'令吾常醉于酒足矣。'妻子固请种粳（稻米）。乃使一顷五十亩种秫，五十亩种粳。""其亲朋好事，或载酒肴而往，潜亦无所辞焉。每一醉，则大适融然。又不营生业，家务悉委之儿仆。未尝有喜愠之色，惟遇酒则饮，时或无酒，亦雅咏不辍。尝言夏月虚闲，高卧北窗之下，清风飒至，自谓羲皇上人。性不解音，而畜素琴一张，弦徽不具，每朋酒之会，则抚而和之，曰：'但识琴中趣，何劳弦上声。'"新酿之酒里面有残余酒糟，就解下头巾，漉过之后自斟自饮，随即把头巾系上。因此，斗酒诗百篇，"自称臣是酒中仙"的李白，就把陶渊明引为同调，在《戏赠郑溧阳》中说："陶令日日醉，不知五柳春。素琴本无弦，漉酒用葛巾。清风北窗下，自谓羲皇人。何时到栗里，一见平生亲。"了解了这些，再来读一读《饮酒二十首》小序所说的"偶有名酒，无夕不饮"，其人的神采风范就跃然纸上了。

其五

结庐在人境①，而无车马喧②。

问君何能尔③？心远地自偏④。

采菊东篱下，悠然见南山⑤。

山气日夕佳⑥，飞鸟相与还⑦。

此中有真意⑧，欲辨已忘言⑨。

【注释】

①结庐：构建房屋。人境：人间。

②喧：喧闹。

③尔：如此，这样。

④偏：偏远。

⑤悠然：悠远闲暇的样子。南山：指庐山。

⑥山气：山中的云气。日夕：黄昏。

⑦相与：相伴。还：归巢。

⑧真意：生活的真谛。

⑨辨：辨别。忘言：忘了用什么言语来表达。

【串讲】

居住在人间社会，门前却没有车马的喧嚣。请问您怎样做到这一点？只要心远尘俗，地方自然就会变得偏远。去东边的篱墙下采摘菊花，南山的美景悠然映入眼帘。山间的气象黄昏时最美好，飞鸟们结伴飞回它们的家园。这样的情境似乎寓含着人生的真谛，我想辨明它却找不到表达的语言。

【点评】

这是陶诗名篇，它以清明玄远的态度咏味人生哲学，咏味物我相待相融的境界。隐居生活中最重要的，是内心的平静。内心平静了，即使居住在寻常人居住的地方，也不会受世俗社会的多少沾染。"心远地自偏"五个字，道出的正是隐居生活的真意。内心平静了，便会"心明如镜"。这时，世界与人的关系，就不是那种近代西方式的两元对立，而是古典中国特有的天人合一。"采菊东篱下，悠然见南山"的"见"，一度曾有俗本写作"望"，苏东坡《东坡题跋》中说："因采菊而见南山，境与意会，此句最有妙处。近岁俗本皆作'望南山'，则此一篇神气都索然矣。"晁补之接着解释说："东坡云：陶渊明意不在诗，诗以寄其意耳。'采菊东篱下，悠然望南山'，则既采菊又望山，意尽于此矣，非渊明意也。'采菊东篱下，悠然见南山'，则本自采菊，无意望山，适举首而见之，故悠然忘情，趣闲而累远，此未可于文字精粗间求之。"（《鸡肋集》卷三三）这里的关键区别，其实在无心和有意，有意处，人境与自然仍是分离的，无心时，人境与自然则已然融为一体。

宋人严羽《沧浪诗话·诗法》说："汉魏古诗，气象混沌，难以句摘。晋以还方有佳句，如渊明'采菊东篱下，悠然见南山'，谢灵运'池塘生春草'之类。谢所以不及陶者，康乐之诗精工，渊明之诗质而自然耳。"除了其中有历史退化论的阴影之外，对陶诗的评点还是有真知灼见的。王国维《人间词话》的评议，则投入一种近代视野，说："有有我之境，有无我之境。'泪眼问花花不语，乱红飞过秋千去'（欧阳修《蝶恋花》词），'可堪孤馆闭春寒，杜鹃声里斜阳暮'（秦观《踏莎行》词），有我之境也。'采菊东篱下，悠然见南山'（陶渊明《饮酒》诗），'寒波澹澹起，白鸟悠悠下'（元好问《颍亭留别》诗），无我之境也。有我之境，以我观物，故物皆著我之色彩。无我之境，以物观物，故不知何者为我，何者为物。古人为词，写有我之境者为多，然未始不能写无我之境，此在豪杰之士能自树立耳。"又说："'生年不满百，常怀千岁忧。昼短苦夜长，何不秉烛游'（《古诗十九首》），'服食求神仙，多为药所误。不如饮美酒，被服纨与素'（《古诗十九首》），写情如此，方为不隔。'采菊东篱下，悠然见南山。山气日夕佳，飞鸟相与还'（陶渊明《饮酒》诗），'天似穹庐，笼盖四野。天苍苍，野茫茫。风吹草低见牛羊'（斛律金所唱《敕勒歌》），写景如此，方为不隔。"王国维以"不隔"和"无我之境"来评价陶渊明的"采菊东篱下，悠然见南山"的审美境界，可谓点出了此诗妙处的又一侧面。

其七

秋菊有佳色[①]，裛露掇其英[②]。

汎此忘忧物[③]，远我遗世情[④]。

一觞聊独进[⑤]，杯尽壶自倾[⑥]。

日入群动息[⑦]，归鸟趣林鸣[⑧]。

啸傲东轩下[⑩]，聊复得此生[⑪]。

【注释】

①佳：美。

②裛（yì）：沾湿。掇：拾，采摘。英：花。

③汎：浮，指菊花漂浮酒上。忘忧物：指酒。

④遗世：抛弃世俗。

⑤觞：酒杯。聊：暂且。进：饮酒。

⑥倾：倒。

⑦日入：日落。群动：各种活动的事物。息：停息。

⑧趣林：飞向林中。

⑨啸傲：狂放不羁的姿态。啸：嘬口发声。东轩：东窗。

⑩聊：暂且。复：又。得：得到。此生：此生之乐。

【串讲】

秋天的菊花有着美丽的颜色，我带着露水采下它的花朵。让它浸泡漂浮在使人忘忧的酒中，离弃了世俗的心绪飘向更悠远的地方。一杯接一杯，我且独自饮用，酒杯喝空了，酒壶也露出了底。太阳下山了，所有活动都停息了，归巢的飞鸟鸣叫着朝林中飞去。在东窗下傲然长啸，暂且享受一下此生的乐趣。

【点评】

陶渊明爱菊，但他的采菊并不只是为了观赏，带露的花枝固然让他喜爱，但摘下来的目的，却有着实用的意图。这就是，据传饮菊花酒可以祛病延年。陶渊明是爱惜生命的，在《读山海经》中他曾说过："在世无所须，唯酒与长年。"但他对生命的爱惜，并不像一般贪生的人一样看重的只是那结果，相反，他更注重的其实是过程，是日常的乐趣。他之所以选择遗世独立的人生姿态，其实也是为了对人生有更真切的感觉和体验。从他的饮酒中，我们看到的是任情，也是人格的傲岸。与"采菊东篱下"一样有意义的，是"啸傲东轩下"，只有将两者合起来，我们才能认识到一个完整的陶渊明。

"汎此忘忧物，远我遗世情"，陶渊明以酒作为抛弃世俗情绪纠缠的忘忧物，颇得后世认同。唐代白居易《钱湖州以箬下酒李苏州以五酘酒相次寄到无因同饮聊咏所怀》诗云："劳将箬下忘忧物，寄与江城爱酒翁。"南宋虞俦《林子长录旧诗来觅酒因送似之》诗云："酒者忘忧物，难教与愿违。"金赵秉文《和渊明饮酒二十首》诗云："渊明非嗜酒，爱此醉中真。谓言忘忧物，中有太古淳。"元刘庭信《春日送别》曲之《感皇恩》云："呀，则愁你途路崎岖，鞍马上劳碌。柳呵都做了断肠枝，酒呵难道是忘忧物，人呵怎减的护身符。"苏轼则认为酒不仅可以忘忧，而且可以引发诗兴，其《洞庭春色》诗把酒称为"钓诗钩"，把酒叫做"扫愁帚"，也还是和陶渊明的"忘忧物"一脉相通。

其八

青松在东园，众草没其姿①，
凝霜殄异类②，卓然见高枝③。
连林人不觉④，独树众乃奇⑤。
提壶挂寒柯⑥，远望时复为⑦。
吾生梦幻间⑧，何事绁尘羁⑨。

【注释】

①没：淹没，埋没。

国学经典丛书 第二辑

②凝霜：凝结的霜露。殄（tiǎn）：灭。

③卓然：挺然突出的样子。

④连林：树木连接成林。

⑤乃：才。

⑥柯：树枝。

⑦时复为：时时这样做。

⑧吾生梦幻间：这句的意思是人生如梦。

⑨绁（xiè）：束缚。尘羁：尘网。羁：马笼头。

【串讲】

青松生长在东园里，无数的杂草掩没了它的雄姿。秋天的霜露杀尽了其他草木，这时才看到它高高挺立的枝柯。在成片的树木中人们注意不到它，独自生长时大家才感到惊奇。我将手提的酒壶挂在它冬日的枝头，不时倚着它眺望着远处。我们的一生就像是一场梦，为什么要让自己受那尘网的束缚？

【点评】

东园的青松，显示的是一种卓然不群的人生姿态。但它也可能被淹没在众草里，只有当严霜来临，一切草木纷纷凋零的时候，它的雄姿才更英挺。孔子说："岁寒，然后知松柏之后凋也！"（《论语·子罕篇》）赞美的还只是它的耐寒，陶渊明这里欣赏的，已更是它的傲岸雄姿。"连林人不觉，独树众乃奇"，说的是常理，读来却有一种奇崛，从这里，我们依稀窥见了陶渊明的一种胸襟。时时提壶远望的他，究竟在寻找、等待着一种什么呢？陶诗一向以平淡著称，但在这首诗中，我们却感觉到了相当分明的棱角。

"青松在东园，众草没其姿，凝霜殄异类，卓然见高枝"，这里蕴涵着陶渊明孤傲的人格自许。南宋洪迈《容斋三笔》卷十二："渊明诗文率皆纪实，虽寓兴花竹间亦然。《归去来辞》云：'景翳翳以将入，抚孤松而盘旋。'其《饮酒诗》二十首中一篇云：'青松在东园，众草没其姿。凝霜殄异类，卓然见高枝。连林人不觉，独树众乃奇。'所谓孤松者是已，此意盖以自况也。"清朝嘉庆道光年间的名臣梁章钜《浪迹丛谈》卷十说："陶渊明爱菊，人皆知之，而于松亦三致意焉。如'三径就荒，松菊犹存'，下又云'景翳翳以将入，抚孤松而盘桓'，'青松在东园，众草没其姿'，下又云'连林人不见，独树众乃奇'。皆以自况也。"自况就是以其他东西比方自己。《晋书》卷九十四《隐逸传·陶潜传》说："陶潜字元亮，……尝著《五柳先生传》以自况。"陶渊明以不被草木遮蔽的孤松自况，吐露了他不与世俗同流合污的贞洁品格。

其九

清晨闻叩门，倒裳往自开①。

问子为谁与②？田父有好怀③。

壶浆远见候④，疑我与时乖⑤。

褴缕茅檐下⑥，未足为高栖⑦。

一世皆尚同⑧，愿君汩其泥⑨。

深感父老言，禀气寡所谐⑩。

纡辔诚可学⑪，违己讵非迷⑫。

且共欢此饮，吾驾不可回。

【注释】

①倒裳：颠倒衣裳，形容匆匆忙忙的样子。《诗经·齐风·东方未

明》云："东方未明，颠倒衣裳。"古称上衣为衣，下衣为裳。

②子：您。与：语气词，表示疑问。

③田父：老农。好怀：好心。

④壶浆：酒。浆：薄酒，味微酸。见候：问候。

⑤乖：不合。

⑥褴缕：衣服破烂的样子。

⑦高栖：高隐。

⑧尚同：以混同于众为好。指随波逐流，没有自己的意见。

⑨汩（gǔ）其泥：搅浑那些泥水。《楚辞·渔父》云："渔父曰：'圣人不凝滞于物，而能与世推移。世人皆浊，何不汩其泥而扬其波？'"汩：搅浑。

⑩禀气：天性。谐：相合。

⑪纤辔：回车。指改变原来的人生道路。

⑫违己：违反自己的天性。讵：岂。迷：迷失。

【串讲】

清早听见敲门声，自己衣服还没穿好就去开门。问一声您是谁呀？原来是满怀好意的老农父。提着酒壶打老远的地方来看我，因为怀疑我和这世道有些不相合。"衣衫褴缕地住在这茅屋下，不足以称作是高隐。整个社会都是随波逐流，希望您也能顺随世俗。""深深地感谢老父您的话，只是我的生性中缺少那种顺随的东西。调转马头的事诚然也可以学着做一做，但违背自己的本性岂不是更大的迷失？且让我们高高兴兴地喝酒吧，我选择的人生道路没法改变了。"

【点评】

这首诗的构思，很有点像屈原的《渔父》，但农父的形象，没有渔父身上透出的那种隐者的神秘。他更像是一个普通人，只是出于一种淳朴的关心，来劝作者放弃隐居的贫苦生活。"褴缕茅檐下，未足为高栖"，对于什么是高隐，不同的人有不同的理解。谢安的东山高卧和陶渊明的躬耕自资，自然不可同日而语。农父的理解是淳朴的，也是世俗的，他未必懂得陶渊明所要追求的那种精神自由，但他却懂得生活的贫苦并不好忍受。他对陶渊明的劝告确也出于一片好意，所以陶渊明虽然并不听从他的话，却对他仍然怀着深深的感激。"纡辔诚可学，违己讵非迷"，这可以看作是陶渊明对渔父解释自己的话，也可以看作是他对自己思想深处矛盾的澄清。除了这种思想性的东西，这首诗让人感动的，其实更是从"清晨闻叩门"开始，表现出来的那种家居生活情韵。

在处世哲学上，这里涉及《老子》五十六章提出的"和光同尘"的命题，也就是混合各种光彩，与尘世趋同，无为而治的思想方式。老子的话是："塞其兑，闭其门，挫其锐，解其忿，和其光，同其尘，是谓玄同。"应该说，古之贤者，也不排除和光同尘，与世周旋，与时舒卷的行为方式。南宋葛立方《韵语阳秋》卷二十说："贤者豹隐墟落，固当和光同尘，虽舍者争席奚病，而况于杯酒之间哉！陶渊明、杜子美皆一世伟人也，每田父索饮，必使之毕其欢而尽其情而后去。渊明诗云：'清晨闻叩门，倒裳往自开。问子为谁与？田父有好怀。壶浆远见候，疑我与时乖。'老杜诗云：'田翁逼社日，邀我尝春酒。''叫妇开大瓶，盆中为我取。'二公皆有位者也，于田父何拒焉？至于田父有'一世皆尚同，愿君汩其泥'之说，则姑守陶之介。'久客惜人情，如何拒邻叟'，则何妨杜之通乎！"这就等于说，陶渊明以退为进，和光同尘与田父同饮，却又保持了"吾驾不可回"的初心。

其十四

故人赏我趣①，挈壶相与至②。

班荆坐松下③，数斟已复醉④，

父老杂乱言⑤，觞酌失行次⑥，

不觉知有我，安知物为贵⑦，

悠悠迷所留⑧，酒中有深味。

【注释】

①故人：旧友。赏：欣赏。

②挈壶：提着酒壶。相与：相伴。

③班荆：铺开树枝杂草。班：铺。荆：荆棘。这里泛指杂草灌木。

④斟：倒酒。

⑤杂乱言：纵情随意的言谈。

⑥行次：次序。"失行次"是说忘记了礼节，不拘礼节。

⑦物：外物。自身之外的一切。

⑧悠悠：陶然迷醉的样子。迷：迷失。所留：所居止的地方。

【串讲】

老朋友们欣赏我的志趣，提着酒壶相伴来看我。铺一些杂草坐在松树下，几杯下肚不觉又就醉了。父老们你一言我一语，互相劝酒也忘记了礼数次序。这时，连自己的存在也忘了，哪里还记得身外之物的可贵。悠悠然迷失在一个沉酣的世界，酒中真有人生的深味。

【点评】

这也是陶渊明隐居生活的一个片段。几个赏识他的志趣的老朋友，提着酒壶结伴来看他。大家铺开杂草坐在松树下，尽情畅饮，任意而谈，不知不觉就都有了酒意，劝酒也忘记了再讲什么礼数次序。"不觉知有我，安知物为贵"，物我两忘，天人合一，这正是中国文化一向追求的人生至境。所谓有"酒中有真味"，便是这个"味"。读这首诗，我们总会有一种熟悉的感觉，仿佛我们从哪里见过这场景——翻开宋元以后的山水画册，随处可见这样的人物和风景，它追求一种超越严密刻板的礼教的精神自由。

"酒中有深味"的结果，是"不觉知有我"，也就是达到了物我俱忘、人我俱忘的境界。这种人生境界始于庄子。《庄子·大宗师》说："堕肢体，黜聪明，离形去知，同于大通，此谓坐忘。"意思是忘却自己的形体，抛弃自己的耳聪目明与外界之联系，摆脱形体和知性的束缚，与大道融通为一，这就叫坐忘。又如郭象注所说："夫坐忘者，奚所不忘哉？既忘其迹，又忘其所以迹者，内不觉其一身，外不识有天地，然后旷然与变化为体而无不通也。"可以说，陶渊明深得这种人生境界的三味。

其十五

贫居乏人工①，灌木荒余宅。

班班有翔鸟②，寂寂无行迹。

宇宙一何悠③，人生少至百。

岁月相催逼，鬓边早已白④。

若不委穷达⑤，素抱深可惜⑥。

【注释】

①乏：缺少。

②班班：明显的样子。翔鸟：飞鸟。

③一何：多么。悠：悠远。

④鬓：鬓角。

⑤委：抛弃。穷达：穷困通达，两种相反的人生境遇。

⑥素抱：平素的怀抱，一向的志愿。

【串讲】

贫穷地住在这里缺少人手，杂草灌木让我的院落显得很荒芜。只见一群群鸟儿飞来飞去，静悄悄看不到一个行人的影迹。宇宙多么悠远，人生很少能活到百年。岁月不断地催迫着生命，鬓边早已有了白发。如若不放弃穷达的念头，不能实现平生的志愿，那就让人感觉深深可惜了。

【点评】

这首诗开头所写，是陶渊明生活的一种实况。因为缺少人手，他的庭院里生满了灌木杂草。一群群鸟儿飞来飞去，却静悄悄看不到一点人迹。这情景是有点荒凉，有点儿寂寥，然而正是这寂寥的环境，更让陶渊明真切地感觉到了宇宙的悠远和人生的短暂，感觉到了生命脚步的匆促。这里或许正是一个宜于思考这类悠远的事情的地方。鬓边的白发，让他感觉到一种时间的催迫，促使他去思考生命意义的实现，而他从中得出的，就是放弃穷达之见，努力去实现自我的怀抱。

这首诗从荒林飞鸟的自然景观上，体验到了"宇宙一何悠，人生少至百"的个体生命的有限性，进而探讨不计穷达的"素抱"的本体性价值。陶渊明的"素抱"，来自老子的"见素抱朴"。自称"老子、庄周，吾之师也"的嵇康，在《幽愤诗》中说："抗心希古，任其所尚。托好老庄，贱物贵身。志在守朴，养素全真。……永啸长吟，颐性养寿。"其中讲的老庄"志在守朴，养素全真"，可谓与陶渊明的"素抱"思想一脉贯通。

其十七

幽兰生前庭①，含薰待清风②。

清风脱然至③，见别萧艾中④。

行行失故路，任道或能通⑤。

觉悟当念还⑥，鸟尽废良弓⑦。

【注释】

①幽兰：兰花。庭：院。

②薰：香气。

③脱然：轻快的样子。

④见别：被区分。萧艾：艾蒿，杂草。

⑤任道：顺着道路往前走。

⑥念：思。

⑦鸟尽废良弓：古谚"飞鸟尽，良弓藏"。这里是用这句话来自我提醒。

【串讲】

兰花生长在前庭里，满含着香气等待着清风。清风轻轻地吹过来，兰花和萧艾便被分开了。走着走着就迷失了从前的道路，原以为顺着道路往前走或许就能走通。明白了这一点就该想着回头，古谚说，飞鸟打尽了，就会抛弃良弓。

【点评】

这首诗的前半，以幽兰和萧艾比喻两种不同的人格，而以清风比喻某种际遇。幽兰、萧艾，资质本不相同，但若没有清风的吹拂，幽兰那含蕴着的香气，也就无从为人所知。诗的后半，写人生道路的迷失。从"鸟尽废良弓"一句看，应该有比较具体的政治寓意，前人读此总是将其与刘裕的诛除异己联系在一起，认为陶渊明写此是有着讽喻和自警意味的。整首诗的意思，仍在于保持自己高洁的人格。

国学经典丛书第二辑

与兰花随自己的本性散发着芬芳、使得它在旷野的清风吹拂中有别于萧艾不同，人生若不辨道路的方向，就可能遭遇不测。历史上这种教训实在太多了。《吴越春秋》记载，越王勾践灭吴之后，范蠡将泛舟五湖，留言给文种说："吾闻天有四时，春生冬伐。人有盛衰，泰终必否。知进退存亡而不失其正，惟贤人乎！蠡虽不才，明知进退。高鸟已散，良弓将藏。狡兔已尽，良犬就烹。夫越王为人，长颈鸟喙，鹰视狼步。可与共患难，而不可共处乐。可与履危，不可与安。子若不去，将害于子。"文种不信其言，终于掉进了"鸟尽废良弓"的陷阱。二百七十多年后，这种悲剧又在西汉初年重演。汉高祖刘邦取天下，韩信军功最高，却被刘邦、吕后诛杀。陶渊明生逢乱世，参透了"鸟尽废良弓"的陷阱，而自甘做一株厕身杂草间的兰花，也可以说是得自历史的智慧。

其十八

子云性嗜酒①，家贫无由得。

时赖好事人②，载醪祛所惑③。

觞来为之尽④，是谘无不塞⑤。

有时不肯言，岂不在伐国⑥。

仁者用其心，何尝失显默⑦。

【注释】

①子云：扬雄，字子云。西汉著名词赋家，学者。《汉书·扬雄传赞》里说："（扬雄）家素贫，嗜酒，人希至其门。时有好事者载酒肴从游学。"

②时：时时。赖：靠。好事人：热心人。

③醪（láo）：酒。祛（qū）：解除。惑：迷惑。

④觞：酒杯。

⑤是：凡。谘：询问。塞：答。

⑥伐国：攻打别国。《汉书·董仲舒传》："闻昔者鲁君问柳下惠：'吾欲伐齐，何如?'柳下惠曰：'不可。'归而有忧色，曰：'吾闻伐国不问仁人，此言何为至于我哉!'"

⑦失：过失，差错。显默：显扬或沉默。

【串讲】

汉人扬雄喜欢喝酒，却因为家里穷无法得到。有时就靠一些热心人，带着酒来求他解除疑惑。端起酒杯来就一饮而尽，只要有问就没有不能回答的。但有时他也不肯说什么，这种时候难道不是因为问他的是攻打别国一类的事? 有仁德的人运用他的心智的时候，何曾在该显该隐的问题上有过差错。

【点评】

这首诗以扬雄自喻，写自己的日常交往和言谈举止。"子云性嗜酒，家贫无由得。时赖好事人，载醪祛所惑。"正是陶渊明生活的一种写实。"觞来为之尽，是谘无不塞"，突出的是他的博学健谈、洒脱风流；"有时不肯言，岂不在伐国"突出的是他的语默有道、仁人之心。全诗的关键，在"何尝失显默"一语，这里的"显默"，不仅可以解作说或不说，而且可以解作出仕还是归隐。在这里，陶渊明其实是再一次表达了他选择归隐的用心。

陶渊明借以自喻的扬雄，自少好学，口吃，博览群书，长于辞赋。年四十余，始游京师长安，以文见召，奏《甘泉》《河东》等赋。成帝时任给事黄门郎。王莽时任大夫，校书天禄阁。《汉书·扬雄传》说："家素贫，耆酒，人希至其门。时有好事者载酒肴从游学，而巨鹿侯芭常从雄居，受其

《太玄》《法言》焉。"这是陶渊明这首诗的史实根据。但扬雄仿司马相如《封禅文》作《剧秦美新》上奏王莽，指斥秦朝，美化王莽的新朝，被认为是"白圭之玷"。陶渊明这里不是作史论，也不是全面评价扬雄，而是择其善者而言之，主要借其事迹以表达自己的心志。

其二十

羲农去我久①，举世少复真②。

汲汲鲁中叟③，弥缝使其淳④。

凤鸟虽不至⑤，礼乐暂得新⑥。

洙泗辍微响⑦，漂流逮狂秦⑧。

诗书复何罪？一朝成灰尘⑨。

区区诸老翁⑩，为事诚殷勤⑪。

如何绝世下⑫，六籍无一亲⑬。

终日驰车走，不见所问津⑭。

若复不快饮，空负头上巾⑮。

但恨多谬误⑯，君当恕醉人⑰。

【注释】

①羲农：伏羲、神农，传说中的上古圣人。去：离。

②举世：全世界。真：真淳。

③汲汲：急切的样子。鲁中叟：指孔子。

④弥缝：弥补缝合。淳：淳厚。

⑤凤鸟：语出《论语·子罕篇》："子曰：'凤鸟不至，河不出图，

吾亦已矣乎。'"传说天下清明时凤凰就会飞来，孔子是以"凤鸟不至"来慨叹自己的生不逢时。

⑥礼乐：礼乐典章。《史记·孔子世家》："孔子之时，周室微而礼乐废，《诗》《书》缺……三百五篇孔子皆弦歌之，以求合《韶》《武》《雅》《颂》之音。礼乐自此可得而述，以备王道，以成六艺。"

⑦洙泗：鲁国的两条水名。洙泗之地，也就是孔子讲学的地方。辍：中止、停息。微响：宣讲孔子学说思想的精微声音。

⑧逮：及。狂秦：对秦朝的贬称。

⑨诗书复何罪？一朝成灰尘：指秦始皇"焚书"之事。

⑩区区：诚恳的样子。诸老翁：指汉初传《诗》《书》的伏生、田生等人，他们到汉初传经时，都已是八九十岁的老人。

⑪为事：指致力传经之事。

⑫绝世：指汉亡以后。

⑬六籍：六经。无一：无一人。亲：亲熟。

⑭问津：问路。津：渡口。《论语·微子篇》："长沮、桀溺耦而耕，孔子过之，使子路问津焉。"这里的"问津"也含有探求人生之道的意思。

⑮负：辜负。头上巾：儒巾。

⑯但：唯。

⑰恕：宽恕。

【串讲】

伏羲、神农的世代离开我们很久了，整个世界都已很少再有真淳之风。急急切切的鲁国孔老夫子，弥合缝补想让它回到真淳。虽然不再是凤鸟飞来的清明时世，礼乐文化却暂且得到新发展。自从洙、泗之地听不到那精微的声音，世事随波逐流一直发展到了暴秦。诗书又有什么罪呢？一朝之间全都变成了灰烬。诚恳勤谨的几位老先生，致力传经确实很努力。为何汉代灭亡以后，六经就不再有人去研习？只见整天有人赶着车子跑来跑去，却不见有人去打探道路。如果再不痛快地饮酒，就会白白辜负了头上的儒巾。只怕我的话中有很多谬误，就请您原谅我是个喝醉了的人。

【点评】

虽然陶渊明选择的是归隐，但他心中却仍然牵挂着世风。这首诗看上去像是在追述儒学历史，其实却充满了现实的牢骚和怨愤。在许多诗中，陶渊明都自比长沮、桀溺、植杖翁，但心中期盼着的，却是有像孔子那样的人出来，传播礼乐文明，让社会风俗变得真淳一些。对秦汉以来社会风气的变化，陶渊明有着许多的不满，对当世之人的奔走竞逐也怀着深深的厌恶，失望之余，他就只能逃入酒醉后的世界，暂且回避这些痛苦的问题。清人龚自珍看出陶诗精神的这种秘密，曾作论陶诗绝句说："陶潜酷似卧龙豪，万古浔阳松菊高。莫信诗人竟平淡，二分《梁甫》一分《骚》。"

把伏羲、神农之世的真淳风俗，与孔子维护的礼乐文明归并为同一条历史脉络，是陶渊明的一种发明，这未免有点儒、道合流的意味，但也是由于秦汉魏晋以后政治脱离正轨，人生谋事不谋道，他只能举起酒杯借酒骂世，抒发愤慨之情。

止 酒

居止次城邑①，逍遥自闲止②。

坐止高荫下，步止荜门里③。

好味止园葵④，大欢止稚子。

平生不止酒⑤，止酒情无喜。

暮止不安寝，晨止不能起。

日日欲止之，营卫止不理⑥。

徒知止不乐，未信止利己。

始觉止为善，今朝真止矣。

从此一止去，将止扶桑涘⑦。

清颜止宿容⑧，奚止千万祀⑨。

【注释】

①居止：居处。止：居。次：邻接，靠近。

②逍遥：安闲自适。闲：清闲，闲适。止：语气助词。

③坐止高荫下，步止荜门里：坐只坐在高高的树下，行只行到柴门之家。言外之意是不至繁华高贵之地。荜（bì）门：柴门，指贫寒之家。

④园葵：园中的葵菜。

⑤止酒：停止饮酒，戒酒。

国学经典丛书第二辑

⑥营卫：中医理论中人体的营卫之气。不理：不顺。

⑦将止扶桑涘：将到达扶桑的水边。扶桑：神话传说中生长在日出之处的神树。涘（sì）：水边。

⑧清颜止宿容：清新的容颜换去旧时的容貌。止：去除。宿容：旧容。

⑨奚止：何止。祀：年。

【串讲】

住居的地方邻近城市，生活多么逍遥安闲啊。坐只坐在高高的树下，行只行到柴门之家。美味的食物只有园中的葵菜，尽情的欢乐只来自身边的小孩子。我平生不曾戒酒，戒酒会让我的心情失去快乐。晚上戒了夜不安寝，早晨戒了不能起床做事。每天我都想着要戒掉它，但真戒了身体的营卫之气就不能顺理。只知道戒了酒就会让人不快乐，从不信戒了对自己有好处。刚发觉还是戒了好，今天就真的戒了。从此一直戒下去，或许就可到达太阳升起的扶桑水边。清新的容颜换去旧日的容貌，长命百岁何止千万年。

【点评】

这显然是一首游戏诗，主题说的是自己的戒酒。一开始从城郊生活的安适自足说起，先说到自己的安于清贫和任情好酒，以及从来不想戒酒的性情和为饮酒找的理由；再说到终于发觉还是戒了好，一发觉就马上行动，同时想象着这样一戒，不但身心健康，而且简直还可以成仙而到达太阳升起的仙境，脱胎换骨，旧貌变新颜，长命百岁乐享万年。对这样的主题，作者显然是待之以游戏态度的。整首诗二十句，每句都有一个"止"字，虽然其意并不全同，有时是停止，有时是到达，有时是限定，有时只是语气助词，但相同的读音造成的声调的回环、呼应，营造出的特别的音调节律，也特别加强了整首诗的诙谐、调笑氛围，使这样一首主题单纯之作，读来有一种特殊的艺术感觉。

止是"趾"的本字。止是象形字，甲骨文字形，上像脚指头，下像脚掌和脚面。本义是脚。衍生的意义有停止、制止、阻止、遏止、戒止、驻止、留止、只（止）有，以及"高山仰止，景行行止"中的语气助词。这么多的本义和衍生义，足够这首诗反复用之、颠倒用之，而与自己的人生乐趣——饮酒开开玩笑了。

责 子

白发被两鬓①，肌肤不复实②。

虽有五男儿，总不好纸笔③。

阿舒已二八④，懒惰故无匹⑤。

阿宣行志学⑥，而不爱文术⑦。

雍端年十三，不识六与七。

通子垂九龄⑧，但觅梨与栗。

天运苟如此⑨，且进杯中物⑩。

【注释】

①被：覆盖。鬓：鬓角。

②实：结实。

③好：喜欢。

④二八：十六岁。

⑤故：仍然。无匹：没有人比得上。

⑥行志学：快十五岁了。《论语·为政篇》："吾十有五而志于学。"行：行将。

⑦文术：指读书、作文之类的事。

⑧垂：将近。

⑨苟：假如。

⑩杯中物：酒。

【串讲】

白发遮盖了两鬓，肌肤不再结实。虽然有五个儿子，总没有一个喜欢读书写字。阿舒已经十六岁了，仍然懒惰得没人能比。阿宣眼看就十五岁了，却不喜欢学习读书、写字的本领。雍儿、端儿十三岁了，还不认得六和七。通子快九岁了，成天只知道寻找梨儿和栗子。天命假如就是如此的话，且还是让我喝我的酒吧。

【点评】

这是一首相当诙谐、幽默的作品，由此可以见出陶渊明性情的另一方面。从《责子》看，他的几个孩子似乎都很没出息，但这却未必能当真去看，否则就是不懂得什么叫幽默。杜甫似乎不怎么懂得开玩笑，所以他在《遣兴》诗里就说："陶潜避俗翁，未必能达道。观其著诗集，颇亦恨枯槁。达生岂是足，默识盖不早。有子贤与愚，何其挂怀抱。"黄庭坚则说："观渊明之诗，想见其人岂弟慈祥，戏谑可观也。俗人便谓渊明诸子皆不肖，而渊明愁叹见于诗，可谓痴人前不得说梦也。"（《书渊明责子诗后》）今人袁行霈先生说："渊明期望于诸子甚高，而诸子非偁偊于学，盖事实也。然渊明并不过分责备之。失望之中，见其谐谑；谐谑之余，又见慈祥。一切顺乎自然，有所求而不强求，求而得之固然好，不得亦无不可。渊明处盖如是而已。"（《陶渊明集笺注》）到底谁说得有道理，读者可自己去判断。

《责子》诗之动人，并非由于它写得妙，而是由于它写得浪，千古以来，人们对之做过种种阐释和猜测。金代赵秉文《和渊明饮酒九首》有云："千载渊明翁，谁谓不知道。漫赋《责子诗》，调戏以娱老。杜陵盖自况，亦岂恨枯槁。壶觞清浊共，适意无丑好。归来五柳宅，守我不贪宝。长啸天地间，独立万物表。"明代张燧《千百年眼》卷七说："陶渊明《命子篇》则曰：夙兴夜寐，愿尔之才，尔之不才，亦已焉哉。其《责子篇》曰：虽有五男儿，总不好纸笔。天运苟如此，且进杯中物。盖先生即诸子皆不欲其仕宋，故作诗自污，以晦其才。才则必以陶氏门地拔矣，此苦心也。善乎庄生曰：'以不才终其天年。'"清初钱谦益《题严武伯诗卷》说："昔者渊明为《责子诗》曰：'虽有五男儿，总不好纸笔。天运苟如此，且进杯中物。'此盖达人智士任运玩世，摆落嘲弄之辞耳。而杜子美诃之曰：'陶潜一老翁，闻道苦不早。有子贤与愚，何其挂怀抱?'子美之诃渊明则达矣。其于宗文宗武，则曰：'骥子好男儿，前年学语时。'又曰：'汝啼吾手战，吾笑汝身长。'其怀抱之萦挂与否，视渊明何如也?"真是七嘴八舌，可见这首牵动人类基本感情——父子之情的游戏之作，存在着不小的阐释空间。

有会而作 并序

　　旧谷既没①，新谷未登②，颇为老农③，而值年灾④。日月尚悠⑤，为患未已。登岁之功⑥，既不可希，朝夕所资⑦，烟火裁通⑧；旬日以来，日念饥乏。岁云夕矣⑨，慨然永怀⑩。今我不述，后生何闻哉⑪。

　　　　弱年逢家乏⑫，老至更长饥。
　　　　菽麦实所羡⑬，孰敢慕甘肥⑭！
　　　　惄如亚九饭⑮，当暑厌寒衣⑯。
　　　　岁月将欲暮，如何辛苦悲。
　　　　常善粥者心⑰，深念蒙袂非⑱。
　　　　嗟来可足吝⑲，徒没空自遗⑳。
　　　　斯滥岂彼志㉑，固穷夙所归㉒。
　　　　馁也已矣夫㉓，在昔余多师。

【注释】

①既：已。

②登：成熟。

③颇为老农：很做了些年的农民。

④值：逢，遇。

⑤悠：久，长。

⑥登岁之功：丰收年景的收成。登：丰收。

⑦朝夕所资：每天的生活所需。资：费用。

⑧裁：同"才"。

⑨岁云夕矣：年终了。云：语气助词，无义。

⑩永怀：深有感叹。

⑪后生：后辈，子孙。

⑫弱年：弱冠之年，二十岁左右。乏：贫困。

⑬菽麦：泛指粗茶淡饭。菽：豆类。

⑭孰敢：哪敢。甘肥：甘甜肥腻的食物，指美味。

⑮惄（nì）如：饥饿的感觉。亚：次于。九饭：《说苑》里说，子思居卫时很贫困，"三旬而九食"。

⑯当暑厌寒衣：这句是说天很热了还穿着冬天的衣服。

⑰善：赞许。粥者：施粥者。《礼记·檀弓》："齐大饥，黔敖为食于路，以待饥者而食之。有饿者蒙袂辑屦，贸贸然来。黔敖左奉食右执饮，曰：'嗟，来食！'扬其目而视之曰：'予唯不食嗟来之食，以至于斯也。'从而谢焉，终不食而死。曾子闻之，曰：'微欤！其嗟也，可去。其谢也，可食。'"

⑱蒙袂（mèi）：用衣袖蒙住脸。袂：衣袖。

⑲嗟来：不礼貌的吆喝声，即"喂，过来。"不足：不值。吝：恨惜。

⑳徒没：白白地死了。自遗：自弃。

㉑斯滥：《论语·卫灵公篇》里说："君子固穷，小人穷斯滥矣。"滥：放纵，无所不为。

㉒凤：平素。归：志向，目标。

㉓馁：饥饿。已矣夫：算了吧。

【串讲】

诗前小序说：

陈谷已经吃完，新谷还未成熟。做了多年的老农，却遇上了有灾害的年份。剩下的时间还很长，灾害却没完没了。丰收年景的收成，已经没有希望，早晚生活所需，仅仅只是维持着烟火。近十多日来，每天都在想着衣食短缺这件事。一年又到了尽头，不禁慨然深有感怀。如今我若不把它记下来，后辈人又从哪里知道这样的事呢。

诗中大意如下：

弱冠之年遇上家道中落，到老来又要常常忍饥挨饿。实指望能吃着豆子啊麦子啊一类的东西，哪里敢去想那些甘甜与肥腻。饿起来一月吃不着九顿饭，天很热了还穿着冬天的衣服。又是一年快到了尽头，怎奈生活还是这样辛苦悲酸。常常赞美那些施粥人的善心，深深觉得拿衣袖掩住脸的做法不对。嗟来的喊声没有什么可羞恨，白白地死了只是空自遗弃。因为穷而无所不为，怎能符合他的志向，固穷守节才是一向的目的。饿也就饿了吧，自古以来，我已有许多这样的老师。

【点评】

躬耕自资的生活难免穷苦，若是遇上灾荒年景，那日子就更难过。写这首诗时，陶渊明已入老年，而这一年也正是一个荒年。衣食的短缺让他十分烦恼，年终的时候，也就是最饥最寒的时候，在这种时节想问题，与平日总是有些不同。"有会而作"这个标题中的"会"，或是遇着荒年的意思，或是有所会心的意思，总之都和当时的生活景况有关。穷苦中的人，时时陷于伤感是难免的。陶渊明又是从自己的生活回顾写起。"弱年逢家乏，老至更长饥"，他这一生的生活也真够艰难的，但他也不特别地感伤。小序也罢，诗作也罢，叙述的口吻仍然相当淡然镇定。"菽麦实所羡，孰敢慕甘肥"，他对生活的要求并不高，但即使是这样的要求，遇上这样的年景也很难满足。"怒如亚九饭，当暑厌寒衣"，没有经受过生活艰难的人，是想象不出这中间的心酸的。在这种情况下，陶渊明甚至对"嗟来之食"也有了新的看法，而对施粥者的善意有了充分的肯定。但不要以为他这是放弃了精神原则，他这里所说的"嗟来何足吝，徒没空自遗"，所指的其实只是具体的乞食或接受救助。对于那些以人格为代价的任意而为，他仍是坚决反对的。所以接下去会说"斯滥岂彼志，固穷夙所归"，固穷守节，这仍是他的根本原则，即所谓"贫贱不能移"也。

饥饿，是贫困人生中刻骨铭心的感受。陶渊明《乞食》诗中"饥来驱我去，不知竟何之。行行至斯里，叩门拙言辞"，就隐藏着饥饿中夹杂着的屈辱感。这首《有会而作》，更带有"馁也已矣夫"的沉痛。这就牵涉到生存保障与人格尊严、道德底线的关系。因此，这首诗借"嗟来之食"的经典故事，聚焦于生存道德的反省。这个故事见于《礼记·檀弓下》的记述："齐大饥，黔敖为食于路，以待饥者而食之。有饿者蒙袂辑屦，贸贸然来。黔敖左奉食右执饮，曰：'嗟，来食！'扬其目而视之，曰：'予唯不食嗟来之食，以至于斯也。'从而谢焉，终不食而死。曾子闻之曰：'微欤！其嗟也，可去，其谢也，可食。'"同一故事，也见于西汉刘向《新序·节士第七》。《后汉书》卷八十四《列女传》又有一个由此引申出的故事："河南乐羊子之妻者，不知何氏之女也。羊子尝行路，得遗金一饼，还以与妻，妻曰：

'妾闻志士不饮盗泉之水，廉者不受嗟来之食，况拾遗求利，以污其行乎？'羊子大惭，乃捐金于野，而远寻师学。"《管子》说"仓廪实而知礼节，衣食足而知荣辱"。陶渊明把饥饿求食和固穷守节作为一对矛盾，进行辩证思考，其间投入了刻骨铭心的感情，这与他不为五斗米折腰的人格仍是一脉贯通的。

拟古九首（选五）

其一

荣荣窗下兰^①，密密堂前柳。

初与君别时，不谓行当久^②。

出门万里客，中道逢嘉友^③。

未言心相醉，不在接杯酒。

兰枯柳亦衰，遂令此言负^④。

多谢诸少年，相知不中厚^⑤。

意气倾人命^⑥，离隔复何有^⑦？

【注释】

①荣荣：茂盛的样子。

②不谓：没想到。

③中道：半途。嘉友：良友。

④负：负约。

⑤中：通"忠"。

⑥意气：情谊。倾人命：牺牲性命。

拟古九首（选五）

其一

荣荣窗下兰[1]，密密堂前柳。

初与君别时，不谓行当久[2]。

出门万里客，中道逢嘉友[3]。

未言心相醉，不在接杯酒。

兰枯柳亦衰，遂令此言负[4]。

多谢诸少年，相知不中厚[5]。

意气倾人命[6]，离隔复何有[7]？

【注释】

[1]荣荣：茂盛的样子。

[2]不谓：没想到。

[3]中道：半途。嘉友：良友。

[4]负：负约。

[5]中：通"忠"。

[6]意气：情谊。倾人命：牺牲性命。

⑦离隔：离别、阻隔。何有：有什么呢。

【串讲】

欣欣向荣的窗前兰草，郁郁葱葱的堂前柳树。当初与您告别时，没想离开会有这么久。出门万里去客游，半途遇着好朋友。未曾说话心已醉，不在欢会碰杯酒。兰草枯萎柳叶衰，约定的话儿全忘了。多多致意少年人，这样的相交不忠厚。意气相投轻性命，离别阻隔何所有。

【点评】

《拟古》九首，是陶渊明模拟汉魏古诗写成的一组咏怀诗。既称拟古，那必定是或从形式或从情调上与前人之作有些相通。这一首模拟的对象大约是《古诗十九首》中的第二首："青青河畔草，郁郁园中柳。盈盈楼上女，皎皎当窗牖。娥娥红粉妆，纤纤出素手。昔为倡家女，今为荡子妇。荡子行不归，空床难独守。"不同在于，"古诗"所咏是爱情，"拟古"所叹是友情。这样的诗未必一定有什么具体的寄寓，吸引人的，往往只是那感伤的情调，至于其中的道德教训，比诗句中的情感和艺术要逊色得多。陶渊明生当魏晋"人的觉醒"的时代进程中，自然会濡染上这种重视人情的世风。

清人方东树《昭昧詹言》卷四所说："《拟古·荣荣窗下兰》，此亦仍是屈子及《十九首》、阮公等意。前四句，始合。'出门'六句，终乖。'多谢'四句，咏言反覆作收。"南宋洪迈《容斋三笔》卷三《东坡和陶诗》中说："《拟古》九篇中，坡公（苏轼）遂亦两和之，皆随意即成，不复细考耳。陶之首章云：'荣荣窗下兰，密密堂前柳。初与君别时，不谓行当久。出门万里客，中道逢嘉友。未言心相醉，不在接杯酒。兰枯柳亦衰，遂令此言负。'坡和云：'有客扣我门，系马庭前柳。庭空鸟雀噪，门闭客立久。主人枕书卧，梦我平生友。忽闻剥啄声，惊散一杯酒。倒裳起谢客，梦觉两愧负。'二者金石合奏，如出一手，何止子由所谓遂与比辙者哉！"

其三

仲春遘时雨①，始雷发东隅②。

众蛰各潜骇③，草木纵横舒④。

翩翩新来燕，双双入我庐。

先巢故尚在，相将还旧居⑤。

自从分别来，门庭日荒芜。

我心固匪石⑥，君情定何如⑦？

【注释】

①仲春：农历二月。遘：逢。时雨：按节令降下的雨水。

②东隅：东天边。

③蛰：冬眠的虫类。潜骇：悄然惊醒。

④舒：舒展。

⑤相将：相偕。

⑥我心固匪石：典出《诗经·邶风·柏舟》："我心匪石，不可转也。"意思是我的心不是石头，不能随意搬来搬去。

⑦定：究竟。

【串讲】

仲春时节遇上应着节令的雨水，东天边响起了春天的第一声惊雷。各种冬眠的虫子都悄悄惊醒了，草木的枝叶也都纵横舒展开来。新近飞回的翩翩春燕，双双飞入我的草庐。前一年筑成的巢还在，它们相伴着还到了旧居。燕子啊，自从分别以来，我的门庭日见荒芜。我的心固然不是石头，可以随意搬来搬去，你的心情又究竟如何呢？

【点评】

一场雨水，一声惊雷，带给世界一种新的面貌。冬眠的虫子醒了，草木长起来了，燕子也飞回来了。陶渊明的心情就像这春天的景象一样，难得地透着一种欣喜。望着梁间飞回的燕子，他忽发奇想，觉得燕子的恋念旧居，与他自己的固穷守节似乎有些相类。自己的门庭日见荒芜，但人心不是石头，它有自己的意志，即便是穷困的生活，仍然可以从中找出值得留恋的东西。但燕子会怎么看这一切呢，它为什么不嫌这个旧居的贫穷？这种有趣的想象，透着一种幽默，透着人燕相通的天真，透着陶渊明对自己精神状态的某种满足。后面几句话也可以想象成燕子的问题：先生啊，自从分别以来，你的门庭日渐荒芜。我的心固然不是石头，可以随意搬来搬去，你的心情究竟又如何呢？如此理解，则是陶渊明在对自己的生活发出一种质询，但那答案却是肯定的，说到底，这也不过是一种明知故问。

元人吴师道《吴礼部诗话》说："洪庆善（洪兴祖《楚辞补注》）之论屈子，有曰'屈原之忧，忧国也；其乐，乐天也'，吾于陶公亦云。"又称《拟古》第三首"翩翩新来燕，双双入我庐"，"托言不背弃之义"。由此可知，陶渊明在人与燕的精神对话中，放飞的是一种乐天情怀。这种乐天情怀，是一只在春天晴空上飘荡着的明丽的风筝。

其四

迢迢百尺楼①，分明望四荒②，
暮作归云宅③，朝为飞鸟堂④。
山河满目中，平原独茫茫⑤。

古时功名士，慷慨争此场^⑥。

一旦百岁后^⑦，相与还北邙^⑧。

松柏为人伐^⑨，高坟互低昂^⑩。

颓基无遗主^⑪，游魂在何方！

荣华诚足贵，亦复可怜伤^⑫。

【注释】

①迢迢：高远的样子。

②四荒：四野。

③归云宅：云气隐藏的地方。

④飞鸟堂：飞鸟聚集的地方。

⑤茫茫：幽远辽阔的样子。

⑥此场：指山河、平原。

⑦百岁后：死后。

⑧相与：相偕。北邙（máng）：山名。在今河南洛阳市北。汉魏君臣的坟墓多在这里。

⑨松柏：指坟头的树木。为人伐：被人砍伐。

⑩互低昂：相互高低错落。

⑪颓基：倒塌的墓基。遗主：死者的后人。

⑫亦复：但也。

【串讲】

迢迢的百尺高楼，分明地眺望四野。傍晚是归云的居所，早晨成飞鸟的庭堂。满目河山，平原多么广大苍茫。古时候那些追求功名的人，激烈地争逐在这地方。一旦生命结束，又都相伴着回到北邙的坟场。墓前的松柏被人砍伐，隆起的坟堆高低错落。倒塌的墓基没有墓主，游荡的魂魄又在何方？

荣华富贵诚然可贵，想一想这结局也让人怜悯悲伤。

【点评】

登高临远，眺望四方，一种悲怆的心绪，伴随着对高楼晨昏景色的想象，伴随着对茫茫大地、悠悠人生的思量，油然而生。"暮作归云宅，朝为飞鸟堂"的想象，已然寓含着某种有关人生的象征。满目河山，平原茫茫，自古竞逐不断的联想，更将这种沧桑感变得更加明朗。无论有如何的雄心，无论生前得到什么，最终还是要归返北邙山的坟场。而一旦到了那里，大家的命运也就都相去不远。"颓基无遗主，游魂在何方？"人生最终所要面对的虚无和苍凉，就这样呈现在了我们面前。"荣华诚足贵，亦复可怜伤"，如此强烈的悲悯情怀，给这首诗带了十分感人的艺术力量。其以死亡来衡量生命之价值的意识，具有道家的超越感，难得的是它把这一切都写得那么浑朴浓郁。

南宋初年张戒《岁寒堂诗话》卷上说："王介甫（王安石）云'远引江山来控带，平看鹰隼去飞翔'，疑非介甫语。又云'留欢薄日晚，起视飞鸟背'，又云'洒笔飞鸟上，为王赋雌雄'，语虽稍工，而不为难到。东坡云'飞鸟皆下翔'，失之易也。李太白《登西灵寺塔》云'鸟拂琼檐度，霞连练栱张'，亦疑非太白语。《庐山谣》云'翠景红霞映朝日，鸟飞不到吴天长。登高壮观天地间，大江茫茫去不还'，此乃真太白诗矣。如介甫、东坡，皆一代宗匠，然其词气视太白一何远也。陶渊明云'迢迢百尺楼，分明望四荒。暮则归云宅，朝为飞鸟堂'，此语初若小儿戏弄不经意者，然殊有意味可爱。"百尺楼，恐怕不是陶渊明实际见到的高楼，他主要是以此"暮作归云宅，朝为飞鸟堂"的高楼，俯视和纵览原野四荒，反思历代争权夺势者的无聊和空幻，为他本人抛弃荣华富贵如敝屣的胸怀做证。他这种视境不是宗教的，而是历史的、现实的。

其七

日暮天无云，春风扇微和^①。

佳人美清夜^②，达曙酣且歌^③。

歌竟长叹息^④，持此感人多：

皎皎云间月^⑤，灼灼月中华^⑥。

岂无一时好，不久当如何。

【注释】

①扇：风吹。微和：微微的和风。

②佳人：美人。美：喜欢。

③达曙：直到天亮。酣且歌：酣歌，尽兴地唱歌。

④竟：毕。

⑤皎皎：皎洁明亮的样子。

⑥灼灼：鲜明夺目的样子。华：同"花"。

【串讲】

日暮时分，天空看不见一丝云彩，春风吹送着微微的温暖。美人们喜爱这清朗的夜晚，通宵达旦地尽兴酣歌。唱罢歌儿长长地叹息，凭着这叹息就够让人感动不已：皎洁明亮的云间月儿，鲜明夺目的月下花朵。难道说没有一时的美好，只是不能长久又当如何？

【点评】

一个迷人的春夜。微风送暖，天空清朗。一些不知从哪里来的歌女，在通宵达旦地唱着歌。她们唱的什么呢？歌中有皎洁的明月，有月光下美丽的花朵，有对春光短暂的伤感，但真正令她们伤感的，却是自己易逝的青春年华。或许真有这样一个清夜，或许一切只出于陶渊明的想象，但诗中所传达的那种感伤，却具有相当普遍的人生意义。

这首诗代表着陶渊明的典型诗歌风貌，为历代诗评所关注。最早是南朝梁人钟嵘《诗品》卷中说："宋徵士陶潜，其源出于应璩，又协左思风力。文体省净，殆无长语。笃意真古，辞兴婉惬。每观其文，想其人德。世叹其质直。至如'欢言酌春酒''日暮天无云'，风华清靡，岂直为田家语耶？古今隐逸诗人之宗也。"认为这首诗可以作为"古今隐逸诗人之宗"的标志。清人潘德舆《养一斋诗话》卷九说："《文选杂拟》上、《杂拟》下，凡六十首，惟陶公'日暮天无云'一首，得自然之趣，然亦浑言拟古，故能自尽所怀。若陆士衡专取一题而拟之，共十二首，谢康乐、江文通专取一人而拟之，谢共八首，江共三十首，舍自己之性情，肖他人之笑貌，连篇累牍，夫何取哉！"认为《昭明文选》的六十首杂拟诗中，它是唯一一首"得自然之趣"的，可谓推崇备至。清人方东树《昭昧詹言》卷四说："《日暮天无云》，清韵，情景交融，盛唐人所自出。"更以其为开盛唐诗风的先河的大作。

其八

少时壮且厉①，抚剑独行游②。
谁言行游近？张掖至幽州③。
饥食首阳薇④，渴饮易水流⑤。
不见相知人，惟见古时丘⑥。
路边两高坟，伯牙与庄周⑦。

此士难再得，吾行欲何求⑧！

【注释】

①少时：年轻时。壮：健壮。厉：气盛。

②抚：持。

③张掖：地名，在今甘肃河西走廊。汉武帝所设河西四郡之一，是古代西北边防要地。幽州：地名，在今河北东北，也属北方边境地区。

④首阳薇：首阳山的薇菜。首阳：地名。薇：一种野菜。商朝灭亡后，伯夷、叔齐义不食周粟，隐居首阳山，采薇而食，后来饿死在那里。

⑤易水：水名，源出河北易县。荆轲刺秦前，燕太子丹在易水为他送行，荆轲慷慨作歌："风萧萧兮易水寒，壮士一去兮不复还。"

⑥丘：坟墓。

⑦伯牙：楚人，善弹琴，与钟子期友善，子期死后，伯牙认为世间再无知音，便不再弹琴。庄周：庄子，战国时期著名思想家。与惠施友好，常相辩驳，惠施死后，他便认为不再有堪与他谈论学术的人。

⑧行：行游。

【串讲】

少年时的我强壮而又刚烈，仗着一把宝剑独自往四方周游。谁说我走过的路途近？从张掖直到幽州。饿了时吃几口伯夷、叔齐吃过的野菜，渴了喝几口钱别过荆轲的易水。到处找不见相知的朋友，只见到一座座古人的坟丘。路旁高高的两座坟堆，里边埋的是伯牙和庄周。既然这样的人世上再也难找到，我到处行游又想有何求？

【点评】

仗剑行游的少年，对人生总追求着些什么，他要找到什么呢？诗中没有说，但从一路所留意的东西，我们会发觉，他在寻找着一种崇高的人格，一种常令我们倾心的凛然义气；伯夷、叔齐的名字，易水这个地名，出现在这里都不是偶然的，所谓"首阳薇""易水流"，与其说满足的是他口腹的需要，不如说是精神的饥渴。与此同时，他也在寻找着知音，寻找着能够与他声气相通的朋友。伯牙和庄周的名字，在这里唤起的，也就是这样一种东西。然而，这一切已然都找不到。诗篇开头的慷慨激昂，似乎带点游侠诗的气质，到后来终于变成了历史精神的探寻，以及探寻所带来的"前不见古人，后不见来者"那一类的深深的感伤。

这首诗讲少年"抚剑独行游"，是以游侠的方式，抒写自己的精神求索。

杂诗十二首（选五）

其一

人生无根蒂①，飘如陌上尘②。

分散逐风转，此已非常身③。

落地为兄弟④，何必骨肉亲！

得欢当作乐，斗酒聚比邻⑤。

盛年不重来⑥，一日难再晨。

及时当勉励，岁月不待人⑦。

【注释】

①根蒂：根柢。蒂："柢"的假借字。

②飘：飘浮。陌：路。

③此已非常身：这个我已不是原来那个我。

④落地：出生于世。

⑤斗酒：杯酒。比邻：近邻。

⑥盛年：壮盛之年。

⑦待：等待。

【串讲】

人生没有什么根柢，飘浮不定就如路上的轻尘。一阵风来就随之翻转，今日这个我已不是从前那个人。出生到这个世界上，大家就都是兄弟，何必一定要有血缘骨肉的联系才算亲人！有欢乐的机会就要尽情欢乐，备一杯水酒请来邻里朋友。人生的好年华逝去就不会再来，一天的时光里没有两个清晨。赶着有时间就要努力自爱，岁月的脚步不会等人。

【点评】

这是一曲人生悲歌，一句"人生无根蒂"，说尽了生命的悲凉。这里既蕴藏着陶渊明的社会性感伤，也包含了他有关于生命本质的形而上思考。既然一阵风来，原有的一切就会改变，生命的欢乐似乎就只能存在于现实的瞬息间。这里头的哲理似乎很复杂，一时也很难理得清。但陶渊明的意向却是很明白的。"落地为兄弟，何必骨肉亲"，珍惜生命，珍惜生而为人的共同机缘，这就是他要说的话。"盛年不重来，一日难再晨"，既然如此，就应加倍地努力自爱，以不辜负这短暂的生命年华。

其二

白日沦西阿①，素月出东岭②。

遥遥万里辉，荡荡空中景③。

风来入房户④，夜中枕席冷⑤。

气变悟时易⑥，不眠知夕永⑦。

欲言无予和⑧，挥杯劝孤影⑨。

日月掷人去，有志不获骋⑩。

念此怀悲凄，终晓不能静^⑪。

【注释】

①沦：沉落。西阿：西山。阿：山丘。

②素月：明月。素：洁白。

③荡荡：广大的样子。景：月光。

④户：门。

⑤夜中：夜半。

⑥气变：气候发生变化。时易：季节改变。

⑦永：漫长。

⑧无予和：没有人应答我。

⑨挥杯：举杯。

⑩不获：不得。骋：施展，发挥。

⑪终晓：直到天亮。静：平静。

【串讲】

太阳落到了西山之后，明月从东边的山岭升了起来。山河万里一片空明，广阔天地到处都是月亮的光辉。一阵夜风吹进房中，半夜时分感觉枕席有些寒冷。天气的变化使人感觉到节气的推移，难眠的夜晚更觉出夜的漫长。想说话却没有人应答，只有举起酒杯劝劝自己的孤影。岁月抛下人远远逝去，心中的志向仍然得不到发挥。想到这些就觉得有些悲凉凄伤，直到天亮心情都不能平静。

【点评】

大约是一个秋日的夜晚，有皎洁的月光，有清冷的夜风，天气的变化让人感觉出了季节的推移。独自对着这月光下的世界，陶渊明久久不能入睡，夜晚寂静而漫长，在这样的夜晚，宜于思考很多清远的事情。陶渊明似乎想了很多，但核心只有一个，那就是人生的短促和志业的难成。他仿佛想找个人诉说，但月光下只有自己孤独的身影，饮一杯酒暖暖身体，也调节一下自己的情绪吧，独对着月光，他一次次举起了杯。然而直到天亮，他的心情仍然不能平静。全诗混合了时间体验和生命体验，从环境气氛的渲染，到遣词用语的精当，这首诗都极有艺术分寸感，它的美，确实经得起细细的阅读和品味。

"素月出东岭""欲言无予和，挥杯劝孤影"的诗句，使孤独的我与素月、孤影形成了一种精神交流，这也引发了三百年后李白飘飘欲仙的想象。《月下独酌》诗云："花间一壶酒，独酌无相亲。举杯邀明月，对影成三人。月既不解饮，影徒随我身。暂伴月将影，行乐须及春。我歌月徘徊，我舞影零乱。醒时同交欢，醉后各分散。永结无情游，相期邈云汉。"虽然一个清寂，一个狂乱，但的确取自相似的情境。南宋吴曾《能改斋漫录》卷八说："太白'举杯邀明月，对影成三人'，又云'独酌劝孤影'，此意亦两用也。然太白本取渊明'挥杯劝孤影'之句。"可谓已然指出了李白的明月情怀，与陶渊明的这首诗的精神联系。

其四

丈夫志四海，我愿不知老^①。

亲戚共一处，子孙还相保^②。

觞弦肆朝日^③，樽中酒不燥^④。

缓带尽欢娱^⑤，起晚眠常早。

孰若当世士^⑥，冰炭满怀抱^⑦。

百年归丘垄^⑧，用此空名道？

【注释】

①不知老：不知老之将至。《论语·述而篇》："发愤忘食，乐以忘忧，不知老之将至。"

②相保：相互依靠。

③觞：酒杯。弦：丝弦，乐器。肆：陈列。朝日：当作朝夕。

④樽：酒具。燥：干。

⑤缓带：放松衣带，指优游闲暇的样子。

⑥孰若：怎能像。

⑦冰炭：典出《淮南子·齐俗训》："贪禄者见利不顾身，而好名者非义不苟得，此相为论，譬犹冰炭钩绳也，何时而合?"这里用冰炭比不同的欲望对人心的煎熬。

⑧丘垄：坟墓。

【串讲】

心雄气壮的人志在四海，我只愿像孔子，快乐地忘记衰老。亲人们生活在一起，子子孙孙相依相靠。每天摆设酒宴和弦歌，酒樽里永远也不缺酒。放宽衣带尽情欢娱，晚晚地起床早早地睡觉。怎能像那些世故的人一样，满心冰炭交战受煎熬。百年之后终究要归向坟墓，哪里用得着这些个空名和称道?

【点评】

就对人生欲望的追求而言，陶渊明所持的态度，可以说是一种减法。不断地减去他认为缺少真实意义的东西，减到最后，就只剩下家庭生活的欢乐，这也是他最留恋的。在"丈夫志四海，我愿不知老"一类的话里，有多少的牢骚，我们且不去管它。但由此所展示的那种看上去简单的生活理想，却是为传统中国老百姓所一直渴慕的。"亲戚共一处，子孙还相保"，这种宗法社会特有的景象，曾经一度是多少代中国人共同的生活实际或梦想。"缓带尽欢娱，起晚眠常早"，这样的生活节奏，在现代人看起来，似乎有些太懒散，太奢侈；对世故之士"冰炭满怀抱"的讽刺，也似乎缺乏进取精神。但在当日，这都是有为而发的。在今天，对于处于激烈的社会竞争中精神紧张的人们，读它，也仍有一种精神抚慰的作用。

　　"丈夫志四海"一句，来自三国魏曹植《赠弟白马王彪》诗："丈夫志四海，万里犹比邻。"但在前诗看似豪迈的"丈夫志四海"中，实际蕴含着魏国"苍蝇间白黑，谗巧令亲疏"的政治情境。陶渊明诗却将"丈夫志四海"与孔子的"我愿不知老"联系在一起，暗寓了不愿从事政治竞逐、火中取栗，以致"冰炭满怀抱"的情怀，而倾心于乡居人伦之乐的优游闲适。清朝王士禛在《和吴孟举〈种菜〉》诗中说："丈夫志四海，只手提天纲。不然折尺棰，为国笞戎羌。胡为坐袖手，学圃耽沧浪？"可谓对这种隐居的乐趣不免有些隔膜。陶渊明并不认同"孔耽道德，樊须是鄙"，而更愿意过"朝为灌园，夕偃蓬庐"的乡村生活，两相对照，正可见出人生志趣的异路。

其五

忆我少壮时^①，无乐自欣豫^②。

猛志逸四海^③，骞翮思远翥^④。

荏苒岁月颓^⑤，此心稍已去^⑥。

值欢无复娱^⑦，每每多忧虑。

气力渐衰损，转觉日不如^⑧。

壑舟无须臾^⑨，引我不得住^⑩。

前途当几许⑪，未知止泊处⑫。

古人惜寸阴，念此使人惧。

【注释】

①忆：回想。

②无乐自欣豫：没有什么可高兴的事也很快乐。欣豫：快乐，喜悦。

③猛志：壮志。逸：超绝。

④骞翮：振翅奋飞。骞（qiān）：飞举。翮（hé）：鸟羽。翥（zhù）：飞翔。

⑤荏苒（rěn rǎn）：时间渐渐发生变化。颓：流逝。

⑥稍：渐渐。

⑦值：当，遇到。无复：不再。娱：愉快。

⑧日不如：一日不如一日。

⑨壑舟无须臾：这里是借《庄子》中的典故，表达时光变化的不可阻挡，人生的短促易老。《庄子·大宗师》："夫藏舟于壑，藏山于泽，谓之固矣。然而夜半有力者负之而走，昧者不知也。"郭象注："言死生变化之不可逃。"这里的"有力者"指的自然造化。壑：山沟。须臾：片刻。

⑩引：牵引。

⑪前途：前面的路，指未来的日子。当：该。几许：多少。

⑫止泊处：最后停靠的地方。

【串讲】

想起我年轻的时候，没有什么可高兴的事也总是很快乐。雄心壮志超越四海，总想着振翅高飞飞向那远方。随着岁月一点点地流逝，这种雄心也一点点消失。碰见高兴的事不再那么快乐，常常心里怀着很多忧虑。身体气力渐渐衰损，一天天觉得不如从前。自然的变化没有一刻会停息，生命的好时光也难留住。前面的路还有多少呢？不知我最终的归宿在哪里。难怪古人爱惜一寸寸光阴，一想到这一切就让人感觉有些恐惧。

【点评】

经历了一些岁月的人回首青春往事，最留恋的就是那份没来由的欢乐，以及那一种总欲展翅高飞的雄心壮志。而这一切，又总是要为岁月所磨蚀掉的。当一个人的雄心渐渐消失，情绪不再激动，气力也不再像从前的时候，他就是从心理到生理都变老了。这时候再回想过去的一切，就只有无限的感叹唏嘘。感叹完了，不免又想到前途，想到生命的短促，这时才真正懂得了时间的可贵。陶渊明这首诗，将人生必然要经历的这一心理过程，描写得相当生动准确。而此中所流宕的，也是他真实的生命体验和忧戚。

诗的结尾"古人惜寸阴，念此使人惧"中的古人，应该主要指的是陶渊明的曾祖父——东晋名将陶侃。《资治通鉴》卷九十三晋纪太宁三年（公元325年）记载："侃性聪敏恭勤，终日敛膝危坐，军府众事，检摄无遗，未尝少闲。常语人曰：'大禹圣人，乃惜寸阴。至于众人，当惜分阴，岂可但逸游荒醉？生无益于时，死无闻于后，是自弃也。'"对于陶渊明来说，或许正是这种来自家族传统的训诫，使其在"前途当几许，未知止泊处"的人生关头倍感畏惧。

其六

昔闻长者言[①]，掩耳每不喜。

奈何五十年，忽已亲此事。

求我盛年欢，一毫无复意[②]。

去去转欲速^③，此生岂再值^④？

倾家时作乐^⑤，竟此岁月驶^⑥。

有子不留金^⑦，何用身后置^⑧！

【注释】

①长者：老人。

②一毫无复意：一点当初的意趣也没有了。

③去去：岁月流逝。

④值：遇，逢。

⑤倾家：合家，全家。

⑥驶：流驶。

⑦有子不留金：钱财。这里用的是《汉书·疏广传》中的典故。汉代疏广辞官归乡，每天花钱饮酒宴请亲友，有人劝他为子孙置办基业，"广曰：'吾岂老悖不念子孙哉？顾自有旧田庐，令子孙勤力其中，足以共衣食，与凡人齐。今复增益之以为赢余，但教子孙怠惰耳。贤而多财，则损其志；愚而多财，则益其过。且夫富者，众人之怨也；吾既亡以教化子孙，不欲益其过而生怨。又此金者，圣主所以惠养老臣也，故乐与乡党宗族共飨其赐，以尽吾余日，不亦可乎！'"

⑧何用：何必。身后：死后。置：置业。

【串讲】

从前听见老人说这样的话，常常掩着耳朵不喜欢听。没想到五十年的时光过去，自己忽然也经历这样的事。再去寻找我壮年时的欢乐，一点点当初的意趣也没有了。岁月不断流逝，过去的日子变得越来越远，这一生怎么能再遇到那过去了的一切？和全家人一起及时行乐吧，直到这流逝的生命岁月终结。有儿子也不必给他留金钱，何必要想着为身后去置办产业！

【点评】

寻常的人生感伤，在陶渊明说来，分外亲切有味。年轻时不愿听的话，年长后常常挂在嘴上，这是生活中多么熟悉的现象。老年人的沧桑感里，总是有着对于青春生命的留恋，让生命再年轻一次，这又是多少人的痴想。因为懂得了这一切，就加倍地珍惜生命的欢乐，珍惜家人亲友之间的感情。及时行乐的思想并不一定意味着颓废，"有子不留金，何用身后置"，也并不是自私不顾儿女。这些话里所蕴含的人生经验和智慧，其实很值得我们慢慢寻味。

咏贫士七首（选三）

其一

万族各有托^①，孤云独无依^②。

暧暧空中灭^③，何时见余晖^④？

朝霞开宿雾^⑤，众鸟相与飞^⑥。

迟迟出林翮^⑦，未夕复来归^⑧。

量力守故辙^⑨，岂不寒与饥？

知音苟不存^⑩，已矣何所悲。

【注释】

①万族：万类，万物。托：依托。

②孤云：孤独的浮云，喻贫士。

③暧暧：昏暗的样子。

④余晖：残存的光影。

⑤宿雾：夜雾。

⑥相与：相偕，相伴。

⑦翮：鸟儿的翅膀。

⑧夕：天晚。

⑨量力：量力而行。故辙：旧路。

⑩苟：假如。

【串讲】

万物都有所依靠，唯独孤独的浮云没有依托。暗淡地在空中悄然消失，什么时候才能再见到它剩下的光影？早晨的霞光拨开了夜雾，众鸟儿欢鸣着结伴高飞。只有那一只迟迟飞出林中的鸟儿，天没黑又飞了回来。按着自己的力气守靠着旧日的道路，日子过得怎能不又寒又饥？世上假如已没有知音，也就算了吧，有什么可悲哀的呢！

【点评】

这是一首相当凄苦的作品。开篇即以孤云为喻，写出贫士的孤苦无依。"暧暧空中灭，何时见余晖？"无牵系的生命就像浮云，瞬息之间就可能黯然消失得无影无踪。接下去又以飞鸟为喻，写出贫士的势单力弱，不合时宜。"量力守故辙，岂不寒与饥？"按生活的常轨行事的人，不随波逐流的人，就是这样可怜吗？在这句话里，陶渊明好像写入了无限的幽愤。至此，我们也就明白了，这里所谓"贫士"，并非泛泛的穷人，而是特指那些安贫乐道的人。而《咏贫士》七首所要做的，就是向历史寻找知音，寻找可以帮助他坚定自己的生活信念的人。

这首诗开头就长叹一声："万族各有托，孤云独无依。"用浮云比喻贫士，既孤且独，无依无靠。《孟子·梁惠王下》说："老而无子曰独，幼儿无父曰孤。……天下之穷民而无告者。"可见孤、独二字连用，具有深刻的感情分量。屈原《九章·悲回风》："眇远志之所及兮，怜浮云之相羊。"王逸注曰："相羊，无所据依之貌也。言己放弃，若浮云之气，东西无所据依也。"浮云无依无靠，实在可怜巴巴。唐人马戴《落日怅望》诗云："孤云与归鸟，千里片时间。"游子仰望孤云、归鸟，意象沿袭陶翁，也令人有无可把握之感。元末饶介参与张士诚义军，义军败亡后入狱，自号华盖山樵，作《梦中》诗云："流水无心竞，孤云与我同。坐深明月下，行尽乱山中。花落闻啼鸟，松凉爱御风。悬知皆梦境，一笑万缘空。"这片介入乱世政治的孤云，诉说的是到头来竹篮打水一场空，绝非陶渊明所望。

其二

凄厉岁云暮①，拥褐曝前轩②。

南圃无遗秀③，枯条盈北园④。

倾壶绝余沥⑤，窥灶不见烟⑥。

诗书塞座外，日昃不遑研⑦。

闲居非陈厄⑧，窃有愠见言⑨。

何以慰吾怀，赖古多此贤⑩。

【注释】

①凄厉：寒凉的样子。岁云暮：岁暮，年终。云：语气助词。

②拥：穿着。褐：穷人的短衣，用粗毛或麻制成。曝：晒。前轩：前廊。

③南圃：南边的菜园。秀：草木之花。这里指菜苗。

④盈：满。

⑤倾：倒。余沥：残剩的酒滴。

⑥窥：看。灶：锅灶。

⑦日昃：太阳西斜。不遑：不暇，无心。研：研读。

⑧陈厄：指孔子被困于陈的事。

⑨窃有愠见言：典出《论语·卫灵公篇》："在陈绝粮，从者病，莫能兴。子路愠见曰：'君子亦有穷乎？'子曰：'君子固穷，小人穷斯滥矣。'"窃：私下。

⑩赖：依靠。此贤：指安贫之士。

【串讲】

凄凄惨惨又到了一年的尽头，裹上粗褐衣到前廊下晒晒太阳。南边的菜圃里已没有一点剩下的菜苗，干枯的枝条遍布了北边的果园。倾一下酒壶没有一滴残酒，看一看灶下不见生烟。诗书塞放在座席的外边，到太阳西斜了也无心去研读。我这是闲居在家，不是孔子被困于陈，私下里却也想说子路愠见时说的那些语言。拿什么来宽慰我的怀抱，全靠古代也多有这样的贤士。

【点评】

"凄厉岁云暮，拥褐曝前轩"，这是怎样一幅贫穷的图景啊！陶渊明选择归隐，是付出了代价的。菜园里没有一棵菜，果园里只有枯枝，从中我们就可以知道他有多么饿。酒是可以消忧的，陶渊明嗜酒如命，然而酒壶是空的，灶下也不见生烟。在这又饥又寒的时分，他怎么能有心思去研读诗书呢？穷到这个分上，真要让人生出怨天忧人的情怀来。"窃有愠见言"，也就是自问："君子亦有穷乎？"这其实是对自己人生选择的一种怀疑。在这种情况下，能够宽慰他的，也只有那些历史上的前贤。

这位古贤就是在陈绝粮而坚持操守的孔子。陶渊明潇洒时想到的古贤是庄子，困顿时想到的古贤是孔子，他的精神世界是有许多支撑点的。

其三

荣叟老带索①，欣然方弹琴。

原生纳决屦②，清歌畅商音③。

重华去我久④，贫士世相寻⑤。

弊襟不掩肘⑥，藜羹常乏斟⑦。

岂忘袭轻裘⑧，苟得非所钦⑨。

赐也徒能辨⑩，乃不见吾心。

【注释】

①荣叟：指荣启期。古代传说中的贤人。典出《列子·天瑞》："孔子游于泰山，见荣启期行乎郕之野，鹿裘带索，鼓琴而歌。孔子问曰：'先生所以乐，何也？'对曰：'吾乐甚多。天生万物，唯人为贵，而吾得为人，是一乐也。男女之别，男尊女卑，故以男为贵，吾既得为男矣，是二乐也。人生有不见日月，不免襁褓者，吾既已行年九十矣，是三乐也。贫者士之常也，死者人之终也。处常得终，当何忧哉？'孔子曰：'善哉！能自宽者也。'"带索：是说以绳索代衣带。

②原生：原宪，孔子的学生。孔子死后隐居安贫。《韩诗外传》卷一载："原宪居鲁，子贡往见之。原宪应门，振襟则肘见，纳履则踵决。子贡曰：'嘻，先生何病也？'宪曰：'宪贫也，非病也。仁义之匿，车马之饰，宪不忍为也。'子贡惭，不辞而去。宪乃徐步曳杖，歌《商颂》而返。声沦天地，如出金石。"纳：穿，着。决屦：破了的鞋子。

③清歌：清亮的歌声。畅：响亮。商音：指原宪唱的《商颂》。

④重华：舜的号。《庄子·秋水》篇说："当尧舜，而天下无穷人。"这里是思念圣世的意思。

⑤世：世代。寻：连续。

⑥弊襟：破衣服。不掩肘：遮不住胳膊肘。

⑦藜羹：野菜汤。藜：野菜名。斟：通"糁（sǎn）"，米粒。

⑧袭：穿。轻裘：轻暖的皮衣。

⑨苟得：不当得而得。钦：慕。

⑩赐：端木赐，字子贡。孔子弟子，善辩。《史记·仲尼弟子列传》："子贡利口巧辞，孔子常黜其辨。"

【串讲】

年老的荣启期用绳子当衣带，高高兴兴正弹琴。原宪穿着破鞋子，清亮的歌喉畅送着《商颂》。大舜的时代离我们太久了，贫穷之士一代代紧相随。破烂的衣襟掩不住胳膊肘，野菜的汤里找不到一点米粒。难道是忘了穿轻裘的好处，苟得的东西不是我所钦慕的。端木赐啊也只是徒然能巧辨，竟然一点都不懂我的心。

【点评】

这首诗以九十高龄仍然贫穷而快乐的荣启期和穿着破衣吟读《商颂》的原宪为榜样，表达自己安贫乐道的志气和决心。"重华去我久，贫士世相寻"，既是对世道的遣责，也是自我安慰。"岂忘袭轻裘，苟得非所钦"，这就是说，他也并非不知道富贵的好处，但却不愿因此牺牲了做人的原则。末句"赐也徒能辨，乃不见吾心"，借着对子贡的批评，也向那些劝自己出仕的人做出了辩解。

围绕着孔子，存在着一个故事群，除了孔门弟子所记，还有庄子、列子所作的寓言。陶渊明择取其中安贫乐道的故事，以表达连聪明如子贡也不能窥透的"吾心"，也就是那一种坚持"苟得非所钦"的品节、气质。

咏荆轲

燕丹善养士^①，志在报强嬴^②。

招集百夫良^③，岁暮得荆卿^④。

君子死知己^⑤，提剑出燕京^⑥。

素骥鸣广陌^⑦，慷慨送我行^⑧。

雄发指危冠^⑨，猛气冲长缨^⑩。

饮饯易水上^⑪，四座列群英。

渐离击悲筑^⑫，宋意唱高声^⑬。

萧萧哀风逝^⑭，淡淡寒波生^⑮。

商音更流涕^⑯，羽奏壮士惊^⑰。

公知去不归^⑱，且有后世名。

登车何时顾^⑲，飞盖入秦庭^⑳。

凌厉越万里^㉑，逶迤过千城^㉒。

图穷事自至^㉓，豪主正怔营^㉔。

惜哉剑术疏^㉕，奇功遂不成！

其人虽已没^㉖，千载有余情。

【注释】

①燕丹：战国末年燕国太子，名丹。善：优待，指待遇优厚。

②强嬴：强秦。秦王姓嬴。

③百夫良：百里挑一的勇士。

④岁暮：年终。荆卿：即荆轲，历史上著名的刺客。

⑤死知己：为知己而死。

⑥燕京：燕国都城。

⑦素骥：白色的骏马。广陌：大路。

⑧慷慨：意气激昂的样子。

⑨雄发指危冠：怒发冲冠的样子。指：直立。危冠：高冠。

⑩猛气：勇猛之气。缨：系冠的丝带。

⑪易水：水名。在今河北境内。

⑫渐离：高渐离，荆轲的朋友，善击筑。荆轲刺秦失败后，渐离借击筑接近秦王，在筑中灌了铅，用筑投击秦王，不中被杀。筑：一种古乐器，与筝相似。

⑬宋意：燕国勇士。

⑭萧萧：风声。

⑮澹澹：水波涌起的样子。寒波：秋冬季节的水波。

⑯商音：古乐五音之一。其声凄凉。

⑰羽：古乐五音之一。其声激昂。

⑱公知：明知。

⑲顾：回头看。

⑳飞盖：形容车行迅速。盖：车盖。秦庭：秦国王庭。

㉑凌厉：奋勇直前的样子。

㉒逶迤：曲折行进的样子。

㉓图穷事自至：荆轲刺秦王时，是以献燕国督亢地图为由的，匕首

藏在地图中间。秦王打开地图，匕首便露了出来，荆轲用左手抓住秦王衣袖，右手持匕首击刺，秦王挣断衣袖，绕柱而走，拔佩剑砍断荆轲左腿，荆轲用匕首投击秦王，却投到铜柱上，荆轲刺杀秦王没有成功。

㉔豪主：指秦王嬴政。怔营：惊恐的样子。

㉕剑术疏：剑术荒疏。《史记·刺客列传》里说，鲁人句践听说荆轲刺秦失败的消息后，私下惋惜地说："嗟乎！惜哉，其不讲于刺剑之术也。"

㉖没：死。

【串讲】

燕太子丹善于养士，志在报复强暴的秦国。招集百里挑一的勇士，年终时终于找到了荆卿。君子是士为知己者死，他手提长剑离开了燕京。白色的骏马在大路上嘶叫，朋友们意气激昂地为他送行。男儿怒发冲冠，勇猛之气飘飘吹动帽缨。饮酒钱别在易水边，四座都是豪杰英雄。高渐离击筑奏出悲壮的音乐，宋意高声演唱着昂扬的歌曲。一阵阵萧萧悲风吹过，易水上涌起澹澹寒波。悲凉的商音让人止不住要流泪，激越的羽声叫壮士也觉惊心。心中知道这一去就不能回来，并且会得到传扬后世的声名。但他上车时何曾有点儿犹豫、反顾，车子一路飞奔直驶入秦国的王庭。奋勇直前穿越万里，曲曲折折经了千百座城池。地图打开到尽头事情自然就发生了，像秦始皇这样的豪主也止不住要猛吃一惊。可惜他的剑术有点荒疏，一件奇功就这样失败。虽说他早已死去，千载之下却仍能感到他的不尽豪情。

【点评】

在中国历史上，荆轲刺秦的故事永远有着丰富的内涵。陶渊明为什么要用他的诗笔重写这一故事，曾经有过一些猜测。这些猜测大都将此与刘裕篡晋的历史事件联系在一起，认为陶渊明是要借着咏荆轲表达自己对当时政治的一种意愿。现在看来，这种说法不免有点牵强。我们读这样的作品，与其去猜这样的哑谜，不如就从文本出发，欣赏它所表现出的气度笔力。陶渊明诗的风格，一向被认为是平淡的，但从这首诗中，人们又读出了一种豪放之气。《朱子语类》中便说："渊明诗，人皆说平淡，余看他自豪放，但豪放得来不觉耳。其露出本相者，是《咏荆轲》一篇。平淡底人如何说得这样语言出来。"从《咏荆轲》一诗中可以看出，陶渊明无疑有一颗豪放勇猛之心，心中有一股磊落不平之气。从陶渊明整篇诗的叙事节奏安排上能看出刺秦故事的完整过程，但陶渊明并不平铺直叙这一过程的各个部分，而是将表现重心放到了易水送别这一最具悲壮感的场面上，并施以浓墨重彩精心描绘，骏马的嘶鸣、壮士的神态、筑声的悲壮、歌声的昂扬，以及易水的风声、波浪，送别时的泪水，一幅幅清晰的画面，读来都恍如在目前。整个叙事的动作感和速度感也十分鲜明。

读《山海经》十三首（选三）

其一

孟夏草木长^①，绕屋树扶疏^②。

众鸟欣有托^③，吾亦爱吾庐^④。

既耕亦已种，时还读我书。

穷巷隔深辙^⑤，颇回故人车^⑥。

欢言酌春酒^⑦，摘我园中蔬。

微雨从东来，好风与之俱^⑧。

泛览《周王传》^⑨，流观《山海图》^⑩。

俯仰终宇宙^⑪，不乐复何如。

【注释】

①孟夏：初夏，农历四月。

②扶疏：枝叶茂盛的样子。

③欣：欢欣。托：栖停之处。

④庐：房舍。

⑤穷巷：陋巷。隔：阻隔。深辙：大车的车迹。辙：车迹。

⑥回：回转，掉转。

⑦酌：饮。

⑧俱：同，一起。

⑨泛览：泛泛浏览。《周王传》：即《穆天子传》，记载周穆王西征的故事，其中包含许多神话传说。

⑩流观：意同泛览。《山海图》：即《山海经》。

⑪俯仰：俯仰之间。终宇宙：遍识宇宙之事。

【串讲】

初夏季节草木渐渐变高，屋子周围的树枝叶繁茂。鸟儿们高兴着有了做窝的地方，我也喜欢上了我的茅屋。地也耕了，种子也撒下去了，这时再回来读我的书。偏僻的小巷阻绝了大车的车迹，每每让朋友们来访的车子半道折回。快乐地斟一杯新酿的春酒，摘一把自己园子里的蔬菜就着喝。宜人的东风吹送着细雨，随意翻一翻周王的传记，浏览一下《山海经》里的画图。俯仰之间就看遍了宇宙，这样的日子难道还不快活？

【点评】

这是组诗中的序诗，交代自己读《山海经》的环境和心情。值得注意的是，他读的不是经世致用的经史百家宏文，而是充满初民原始思维的神话书。这就把读书生活趣味化、审美化了，用以乐生怡情和揣摩宇宙，给平淡的村居生活增添一点奇趣。初夏，草木进入一年中生机最旺盛的季节。桃李一类的繁花早随风雨飘摇而去，草杆儿渐渐拔高，树叶绿得发亮，小鸟的鸣声千啭百媚。春耕结束，农事的忙碌告一段落。陶渊明手捧一卷《山海经》，独自恬适地坐在他的农家小屋里，随意翻阅。僻远的乡间很安静，坎坷的小道不宜车马驱驰，因而即便有客来访，也往往半道折回。没有应酬，没有周旋，乡村生活既淳朴又简单。家酿的春酒，就着自己栽种的蔬菜。从东吹来的微风，润物无声的细雨，一切在静悄悄中显示出一派欣然生机。陶渊明的心情很愉快，心灵如一片清澈的湖水，倒映出所有投射在它上面的东西，简练洁净，不染一丝尘埃。草木的生长，鸟儿的欢鸣，周穆王西征的传说，《山海经》里的奇闻……空间与时间，自然与历史，片刻与永恒，就在他读书时的一俯一仰间，打开又闭合，最终融成一片恬然自得的心境。没有《离骚》式的感伤，没有繁花散尽逐香尘式的悲戚，季节的变换让陶渊明感觉到的，只是一种最接近自然状态的生命欢趣。

"既耕亦已种，时还读我书"，是讲读书的方式；"泛览《周王传》，流观《山海图》"，是讲读书的内容；"俯仰终宇宙，不乐复何如"，是讲读书的心态。陶渊明的读书，是非功利的，纯然为了满足自己的好奇心，为了通过神话传说而窥探宇宙的秘密。

其九

夸父诞宏志①，乃与日竞走②。
俱至虞渊下③，似若无胜负④。
神力既殊妙⑤，倾河焉足有⑥！
余迹寄邓林⑦，功竟在身后⑧。

【注释】

①夸父：神话传说中的人物。《山海经·海外北经》里说："夸父与日逐走，入日，渴欲得饮，饮于河渭；河渭不足，北饮大泽。未至，道渴而死。弃其杖，化为邓林。"诞：放纵。宏志：宏大的志向。

②乃：竟。竞走：赛跑。

③虞渊：即禹渊，神话传说中太阳落下的地方。

④似若：好像。

⑤殊：特别。

⑥倾河：倾尽黄河之水。

⑦余迹：遗迹。指夸父丢下的手杖。邓林：传说中的地名。或说即"桃林"。

⑧竟：完成。身后：死后。

【串讲】

夸父产生了一个宏伟的志向，竟然与太阳去赛跑。最后和它一起到了虞渊边，好像没有决出什么胜负。神奇的力量既然特别奇妙，倾尽黄河又哪里能让他喝够。他的遗迹留在了邓林，功业的完成在其身后。

【点评】

夸父逐日是《山海经》中的一个著名的神话故事。这个故事的象征意义是什么，不同的人可能有不同的解释，一般认为，它表现的是人想征服自然的一种勇气。对此，陶渊明有着他自己的解读。在这首诗中，他高度肯定了夸父所表现出的宏伟志向，赞美了他的力量和功绩。在他看来，夸父最终的功业，是寄托在他留下的手杖所化成的那一片树林上的。或许，这也隐约透露了作者自己的人生希望？

对于《山海经》夸父逐日弃杖化成的邓林，《列子·汤问》说："夸父不量力，欲追日影，逐之于隅谷之际。渴欲得饮，赴饮河渭。河渭不足，将走北饮大泽。未至，道渴而死。弃其杖，尸膏肉所浸，生邓林。邓林弥广数千里焉。"邓林是夸父用自己的尸身培育而成的绵延数千里的莽莽森林。东汉张衡《二京赋》说："木则枞、栝、棕、楠、梓、械、梗、枫，嘉卉灌丛，蔚若邓林。"邓林简直是包罗万象的浩大的植物园。东汉建安年间祢衡的《鹦鹉赋》说："想昆山之高岳，思邓林之扶疏。"把邓林和昆仑山并列。三国蜀邵正《释讥》一文说："犹鳞介之潜乎巨海，毛羽之集乎邓林。"飞禽集于邓林的规模，可以和鱼类和贝甲类的水族潜游于大海相并举。魏晋竹林七贤中的阮籍《咏怀诗八十二首》其五十四说："夸谈快愤懑，情慵发烦心。西北登不周，东南望邓林。"竟然把邓林与不周山等同视之。阮籍《东平赋》又说："上敖玄圃，下游邓林。凤鸟自歌，翔鸾自舞，嘉谷蕃殖，匪我稷黍。"昆仑山顶的神仙居处、黄帝之下都的玄圃和邓林，形成上下对举的凤凰歌舞之所。西晋孙楚《莲华赋》说："微若玄黎投幽夜，粲若邓林飞鸑雏。"邓林中的凤凰飞舞，一再被重复。《太平御览》卷九百五十二引东晋玄言诗人孙绰的《孙绰子》曰："海上人与山客辨其方物，海人曰：'鱼额者华山之顶，一吸，万顷之波。'山客曰：'邓林有木，围三万寻，直上千里，旁荫数国。'"邓林一棵大树，就可以隐蔽几个国家，这个牛皮吹到天上去了。可见，在陶渊明之前的汉魏晋列朝诗文中，邓林是夸父逐日的荫蔽广阔的重大遗产。到了唐朝韩愈的《海水》诗还说："海水非不广，邓林岂无枝。风波一荡薄，鱼鸟不可依。海水饶大波，邓林多惊风。岂无鱼与鸟，巨细各不同。海有吞舟鲸，邓有垂天鹏。苟非鳞羽大，荡薄不可能。我鳞不盈寸，我羽不盈尺。一木有余阴，一泉有余泽。我将辞海水，濯鳞清冷池。我将辞邓林，刷羽蒙笼枝。海水非爱广，邓林非爱枝。风波亦常事，鳞鱼自不宜。我鳞日已大，我羽日已修。风波无所苦，还作鲸鹏游。"邓林中飞翔的，是《庄子·逍遥游》所说的"其翼若垂天之云"的鲲鹏。因此，也就难怪陶渊明诗中称赞夸父逐日"余迹寄邓林，功竟在身后"了。聚焦于邓林，自己的田园村居生活就增添了一片莽莽苍苍的绿荫。

其十

精卫衔微木①，将以填沧海。

刑天舞干戚②，猛志故常在。

同物既无虑③，化去不复悔④。

徒设在昔心⑤，良晨讵可待⑥？

【注释】

①精卫：传说是炎帝的小女儿，名女娃。《山海经·北山经》里说她游于东海，溺水而死，死后化为鸟，名精卫，常衔西山的木石以填东海。

②刑天：《山海经·海外西经》里说刑天与帝争神，帝断其首，乃以乳为目，以脐为口，操干戚舞。干戚：兵器名。干：盾。戚：大斧。此句或作"形夭无千岁"。

③同物：同化于物。与下句"化去"同意。无虑：没有疑虑。

④化去：变化为异物。

⑤徒设：空有。在昔心：往日的心愿，指复仇，争斗。

⑥良晨：指实现心愿之时。讵：岂。

【串讲】

精卫鸟衔着一点点小木石，想要云填平东洋大海。刑天挥舞着盾牌和大斧，勇猛意志仍然常在。既然生命最终都要同化于物，变成鸟儿、怪物又有什么可后悔。徒然怀着从前的心愿，又怎能等到实现愿望的那一天？

【点评】

关于这首诗的意义，鲁迅在《题未定草（六）》中说："（陶渊明的诗）除论客所佩服的'悠然见南山'之外，还有'精卫衔微木，将以填沧海。刑天舞干戚，猛志故常在'之类的'金刚怒目'式。"（《且介亭杂文二集》）这种说法对当代人的理解产生了很大的影响。此后，精卫、刑天几乎就成了复仇精神的象征，然而陶渊明的诗意重心，却不在复仇，而在于对他们那种无望的抗争的同情和怜悯。同时，按照一种庄子式的对于生命的理解，他也不觉得精卫和刑天有什么可悲。这里最终表现出的，其实还是一种顺应自然的思想。

不过，这也反映了这首诗有多种解释的可能性。南宋末年王应麟《困学纪闻》卷十八《评诗》说："陶靖节之《读山海经》，犹屈子之赋《远游》也。'精卫衔微木，将以填沧海。刑天舞干戚，猛志故常在'，悲痛之深，可为流涕。"清代乾嘉学者潘德舆《养一斋诗话》卷十说："陶公诗虽天机和畅，静气流溢，而其中曲折激荡处，实有忧愤沈郁、不可一世之概。不独于易代之际，奋欲图报，如《拟古》之'枝条始欲茂，忽值山河改。本不植高原，今日复何悔'，《咏荆轲》之'雄发指危冠，猛气冲长缨。其人虽已没，千载有余情'，《读山海经》之'精卫衔微木，将以填沧海。刑天舞干戚，猛志故常在。徒设在昔心，良晨讵可待'也。即平居酬酢间，忧愤亦多矣，不为拈出，何以论其世、察其心乎！……然则和畅流溢，学成之候也。愤激沈郁，刻苦之功也。先有绝俗之特操，后乃有天然之真境。彼一味平和而不能屏绝俗学者，特乡原之流，岂风雅之诣乎！"平淡、和畅、沉痛、忧愤，正是情感的复杂性融汇成了陶渊明的浑厚蕴藉，耐人寻味。

拟挽歌辞三首

其一

有生必有死，早终非命促^①。

昨暮同为人，今旦在鬼录^②。

魂气散何之^③？枯形寄空木^④。

娇儿索父啼，良友抚我哭。

得失不复知^⑤，是非安能觉^⑥！

千秋万岁后，谁知荣与辱。

但恨在世时^⑦，饮酒不得足。

【注释】

①终：寿终。促：短促，短暂。

②鬼录：鬼的名册。

③之：往。

④枯形：干枯的形体，指尸骨。空木：棺材。

⑤复：再。

⑥安：怎。

⑦但：只。

【串讲】

有生必定就有死，早死也说不上是命短。昨天晚上还都是人，今天早晨已进了鬼的名册。魂魄消散不知到了哪里？只有干枯的形体横卧在棺材里。娇儿哭着寻找父亲，好友抚着尸身痛哭流涕。再也不知道得啊失啊这一类的事，又怎么能辨别什么是非和曲直。经历了千秋万岁之后，谁还知道你生前的荣和辱。只是怅恨活着的时候，喝酒没有喝足。

【点评】

"有生必有死，早终非命促"，这道理听上去很简单，但在生活中，人们最想不通的也就是这一点，就是陶渊明自己，不也时不时地想要长寿吗？这首诗中最有意思的东西，就在于陶渊明通过悬想，让自己目睹了一回自己的死亡。这里头是颇有一些幽默的，本来极悲惨的场面，经这样的目光一观照，便显出了一种不同的意味。以未死的我观照已死的"另一个我"，这打开了一个极妙的审美空间。从这种对死亡的观照中，陶渊明得出了什么呢？那就是对生命的现世欢乐的重视，"但恨在世时，饮酒不得足"。这里头似乎颇有些虚无主义、享乐主义的东西，然而问题并不这么简单，这里似乎仍然存在着一些戏谑，一些反讽。对于它的复杂意味，我们还得不断地去琢磨。

《拟挽歌辞》精神承接庄子的"鼓盆而歌"，是陶渊明抓住生死对话的命题所作出的一大创造。《庄子·列御寇篇》说到庄子对死的态度："庄子将死，弟子欲厚葬之。庄子曰：'吾以天地为棺椁，以日月为连璧，星辰为珠玑，万物为赍送。吾葬具岂不备邪，何以加此？'弟子曰：'吾恐乌鸢之食夫子也。'庄子曰：'在上为乌鸢食，在下为蝼蚁食，夺彼与此，何其偏也！'"庄子是把生死置于大化流行之中，采取随任自然的态度。鲁迅在其《半夏小集》中又反庄子的意思而言之，说："庄生以为'在上为乌鸢食，在下为蝼蚁食'，死后的身体，大可随便处置，因为横竖结果都一样。我却没有这么旷达。假使我的血肉该喂动物，我情愿喂狮虎鹰隼，却一点也不给癞皮狗们吃。养肥了狮虎鹰隼，它们在天空，岩角，大漠，丛莽里是伟美的壮观，捕来放在动物园里，打死制成标本，也令人看了神旺，消去鄙吝的心。但养胖一群癞皮狗，只会乱钻，乱叫，可多么讨厌！"陶渊明宗尚庄子的大化流行的思想，对"昨暮同为人，今旦在鬼录"采取超脱的态度。元人陶宗仪《南村辍耕录》卷十六《陶氏二谱·书陶栗里谱》说："元嘉四年（公元 427 年）丁卯。君年六十三。有《自祭文》云：'律中无射。'《拟挽歌诗》云：'严霜九月中，送我出远郊。'当是杪秋下世。颜延之诔云：'视化如归，临凶若吉，药剂弗尝，祷祠弗恤。'其临终高态，见诔甚详。君平生好谈归尽，萧统以为处百龄之内，居一世之中，倏忽白驹，寄寓逆旅。与大块而荣枯，随中和而放荡，岂能劳于忧畏，役于人间，最知深心。形赠、影答、神释本趣略见所谓'纵浪大化中，不喜亦不惧。应尽便须尽，无复独多虑'。惟患不知，既已洞知，安坐待此，夫复何言。杜甫许避俗，未许达道，识者更详之。"陶渊明上承庄子的视化如归，纵浪大化的态度，使得《拟挽歌辞》化解了死亡袭击人类的恐惧感。

其二

在昔无酒饮①，今但湛空觞②。

春醪生浮蚁③，何时更能尝。

肴案盈我前④，亲旧哭我傍⑤。

欲语口无音，欲视眼无光。

昔在高堂寝⑥，今宿荒草乡。

荒草无人眠，极视正茫茫^⑦。

一朝出门去，归来良未央^⑧。

【注释】

①在昔：从前，指生前。

②湛（zhàn）：满。空觞：空杯。觞（shāng）：酒具。

③春醪（láo）：春天新酿成的酒。浮蚁：酒上的浮沫。

④肴案：盛满美味的盘子，指供祭的酒食。肴：肉食。案：食盘。
盈：满。

⑤亲旧：亲戚朋友。

⑥高堂：高高的屋舍。寝：卧。

⑦极视：放眼望去。

⑧良：确实，真的。未央：未尽。

【串讲】

从前活着的时候没酒喝，如今只是徒然地斟满了空杯。春天新酿的酒浆漂浮着绿蚁沫，何时才能再尝到这样的好东西。盛满美味的盘子摆满在我的面前，亲戚朋友在我身旁痛哭。想说什么口里已没有声音，想看什么眼里已没有光芒。先前住在高高的屋子里，如今睡在荒草中。荒草间找不到别的人，放眼望去只是一片茫茫。一朝出门离去，归来的日子真的不知何方。

【点评】

接着前一首，这首诗继续想象着自己死后的情景。从祭奠时的供酒，想到生前的无酒可喝，又想到春酒酿成时自己已不能再喝。从这里，我们也可以看出，陶渊明对人间生活还是充满了眷恋。就是接着写到的"肴案盈我前，亲旧哭我傍"，又何尝不是对人情的一种品味。再接下去，"欲语口无音，欲视眼无光"，虽然是对死后情景的想象，但也从另一面突出了生的幸福。后四句写殡葬后的情形，感伤意味更浓，对生活的留恋之意也更强烈。

儒家以丧礼为礼之大者。《论语·阳货篇》孔子说："三年之丧，天下之通丧也。"《礼记·三年问》说"三年之丧，人道之至文者也。……三年之丧，天下之达丧也。"《周礼·春官宗伯》说："以丧礼哀死亡。"在儒家的礼乐文明中，孝为百行之本，丧礼也就成了一种繁重的悲哀的礼仪。南宋郑樵《通志略》把挽歌既归入《礼略》，又归入《乐略》。《礼略》说挽歌的起源于鲁哀公十一年（公元前 484 年）："吴子代齐，将战，齐将公孙夏命其徒歌虞殡。"孔颖达曰："虞殡者，谓启殡将虞之歌也，今人谓之挽歌。"《乐略》记载的挽歌，有《薤露歌》，"亦曰《薤露行》，亦曰《天地丧歌》，亦曰《挽柩歌》。"相传为汉高帝时齐王田横门人所作的歌辞云："薤上朝露何易晞，薤露明朝更复落，人死一去何时归。蒿里谁家地，聚敛魂魄无贤愚。鬼伯一何相催促，今乃不得少踟蹰。""至汉武时，李延年分为二曲，《薤露》送王公贵人，《蒿里》送士大夫庶人。当其时，声亦自有别，所以为二曲。后人通谓之挽歌者，以其声无异也，故不复存其名。"以往挽歌的歌词都是沉重而哀伤的，绝无陶渊明那样看得开。清代纪昀《阅微草堂笔记》卷十一《槐西杂志一》记述与陶渊明拟挽歌有关的挽联："事有先兆，莫知其然。如日将出而霞明，雨将至而础润，动乎彼则应乎此也。余自四岁至今，无一日离笔砚。壬子（乾隆五十七年，公元 1792 年）三月初二日，偶在直庐，戏语诸公曰：'昔陶靖节自作挽歌，余亦自题一联曰：浮沉宦海如鸥鸟，生死书丛似蠹鱼。百年之后，诸公书以见挽足矣。'刘石庵（刘墉）参知曰：'上句殊不类公，若以挽陆耳山（陆锡熊，与纪昀同为《四库全书》总纂官，卒于 1792 年）乃确当耳。'越三日而耳山讣音至，岂非机之先见欤？"从挽歌的源流发展和情感内容上看，陶渊明《拟挽歌辞》的确是超越众流的戛戛独创。

其三

荒草何茫茫，白杨亦萧萧①。

严霜九月中②，送我出远郊。

四面无人居，高坟正嶣峣③。

马为仰天鸣，风为自萧条。

幽室一已闭④，千年不复朝⑤。

千年不复朝，贤达无奈何⑥！

向来相送人⑦，各自还其家。

亲戚或余悲，他人亦已歌⑧。

死去何所道⑨，托体同山阿⑩。

【注释】

①萧萧：风吹树叶的响声。

②严霜：寒霜。

③嶣峣（jiāo yáo）：高耸的样子。

④幽室：墓室。

⑤不复朝：不再见到白日。朝：早晨。

⑥贤达：贤达之士，有修养有见识的人。无奈何：无可奈何。

⑦向来：刚才。

⑧他人：其他人，不相关的人。

⑨何所道：还有什么说的呢。

⑩托：寄托。山阿（ē）：山丘。

【串讲】

荒草茫茫，无边无际，萧萧的风声吹拂着白杨。严霜降下的九月，送我出城到远远的荒郊。四面都没有人居住，只有一座座坟堆高高耸起。马儿也在为我仰天长鸣，风儿也为我吹得萧萧条条。墓室一旦闭上，千万年也不可能见到晨光。千万年也不可能见到晨光，就算贤达之士对此也无可奈何。刚才来送葬的人们，各自回到自己的家中。亲戚们或许还留下残余的悲哀，别人却已唱开了歌。死去有什么说的呢？不过是将自己的躯体托付给山丘罢了。

【点评】

这首诗一开始，就渲染出一种极度悲哀的氛围：茫茫的荒草，萧萧的白杨，九月的寒气，送葬的人群，一座座耸起的高坟。这景象，仿佛使马匹都受到了感染，仰天悲鸣不已，秋风更是吹得萧萧索索。前两首诗中犹然存在的那一丝幽默，忽然全都消失了，诗人自己也完全沉入了自己酿造的悲哀氛围。"幽室一已闭，千载不复朝"，这结果真够可怕的，然而谁又能对此做些什么呢？"向来相送人，各自还其家。亲戚或余悲，他人亦已歌"，社会就是在这样的遗忘中延续着它的存在。

"死去何所道，托体同山阿"，诗篇的最后，似乎将无限的感伤归结向一种达观的态度。然而，他就真的从这虚无的沉重中解脱出来了吗？我觉得仍然很难说。

诗之开篇的"荒草何茫茫，白杨亦萧萧"的句式，或许是点化了汉末《古诗十九首》之十一的"四顾何茫茫，东风摇百草"；或之十三的"驱车上东门，遥望北郭墓。白杨何萧萧，松柏夹广路"；或屈原《九歌·山鬼》的"风飒飒兮木萧萧"。但接着写死后的感觉："严霜九月中，送我出远郊。……幽室一已闭，千年不复朝。……向来相送人，各自还其家。亲戚或余悲，他人亦已歌。死去何所道，托体同山阿。"却已是以往诗文未尝涉足的死后知觉想象。死而有知，这是陶渊明想象力的穿透性和创造性，幽默中包含着哲理和智慧。令人联想到一千五百年后鲁迅《野草》中的不少篇章。如《墓碣文》："我梦见自己正和墓碣对立，读着上面的刻辞。那墓碣似是沙石所制，剥落很多，又有苔藓丛生，仅存有限的文句——'……于浩歌狂热之际中寒；于天上看见深渊。于一切眼中看见无所有；于无所希望中得救。……有一游魂，化为长蛇，口有毒牙。不以啮人，自啮其身，终以殒颠。……'……看见墓碣阴面的残存的文句——'……抉心自食，欲知本味。创痛酷烈，本味何能知？……'"如《失掉的好地狱》："我梦见自己躺在床上，在荒寒的野外，地狱的旁边。一切鬼魂们的叫唤无不低微，然有秩序，与火焰的怒吼，油的沸腾，钢叉的震颤相和鸣，造成醉心的大乐，布告三界：地下太平。……"还有《死后》："我梦见自己死在道路上。这是那里，我怎么到这里来，怎么死的，这些事我全不明白。总之，待到我自己知道已经死掉的时候，就已经死在那里了。……"鲁迅是中国文学现代性的发动机，其深刻的思想性自然非陶渊明所能比拟，但其所采用的这种表达形式，显然也受到陶渊明的深刻影响。

桃花源记 并诗

　　晋太元中①，武陵人捕鱼为业②，缘溪行③，忘路之远近。忽逢桃花林，夹岸数百步④，中无杂树，芳草鲜美，落英缤纷⑤；渔人甚异之⑥。复前行⑦，欲穷其林⑧。林尽水源⑨，便得一山。山有小口，仿佛若有光⑩；便舍船从口入⑪。初极狭，才通人，复行数十步，豁然开朗⑫。土地平旷⑬，屋舍俨然⑭，有良田、美池、桑竹之属，阡陌交通⑮，鸡犬相闻⑯。其中往来种作，男女衣著，悉如外人⑰；黄发垂髫⑱，并怡然自乐⑲。见渔人，乃大惊；问所从来，具答之⑳。便要还家㉑，为设酒杀鸡作食㉒。村中闻有此人，咸来问讯㉓。自云先世避秦时乱，率妻子邑人来此绝境㉔，不复出焉，遂与外人间隔。问今是何世，乃不知有汉，无论魏晋㉕。此人一一为具言所闻㉖，皆叹惋。余人各复延至其家㉗，皆出酒食。停数日，辞去。此中人语云㉘："不足为外人道也㉙。"既出，得其船，便扶向路㉚，处处志之㉛。及郡下㉜，诣太守说如此㉝。太守即遣人随其往㉞，寻向所志㉟，遂迷不复得路。南阳刘子骥㊱，高尚士也㊲。闻之，欣然规往㊳。未果㊴，寻病终㊵。后遂无问津者㊶。

嬴氏乱天纪㊷，贤者避其世。
黄绮之商山㊸，伊人亦云逝㊹。
往迹浸复湮㊺，来径遂芜废㊻。
相命肆农耕㊼，日入从所憩㊽。
桑竹垂余荫㊾，菽稷随时艺㊿；
春蚕收长丝，秋熟靡王税(51)。
荒路暧交通(52)，鸡犬互鸣吠。
俎豆犹古法(53)，衣裳无新制(54)。
童孺纵行歌(55)，班白欢游诣(56)。
草荣识节和(57)，木衰知风厉(58)。
虽无纪历志(59)，四时自成岁(60)。
怡然有余乐(61)，于何劳智慧。
奇踪隐五百(62)，一朝敞神界(63)。
淳薄既异源(64)，旋复还幽蔽(65)。
借问游方士(66)，焉测尘嚣外(67)。
愿言蹑清风(68)，高举寻吾契(69)。

【注释】

①太元：东晋孝武帝年号（公元376—396年）。

②武陵：晋郡名，在今湖南常德。

③缘：沿着，顺着。

④夹岸：桃林夹着两岸。

⑤落英：落花。一说落英为初开之花。

⑥异之：感觉它奇异。

⑦复：又。

⑧穷：尽。

⑨林尽水源：桃林尽处正是溪水的源头。

⑩仿佛：好像。光：光亮。

⑪舍船：丢下船。

⑫豁然：开阔的样子。

⑬平旷：平展辽阔。

⑭俨然：整齐的样子。

⑮阡陌：田间小道。

⑯鸡犬相闻：可以听得见鸡鸣狗吠声。语本《老子》："邻国相望，鸡犬之声相闻，民至老死不相往来。"

⑰悉：全。外人：桃源之外的人。

⑱黄发：指老人。垂髫：指儿童。

⑲并：皆，全。怡然：快乐的样子。

⑳具：全部。

㉑要：同"邀"，邀请。

㉒设酒：摆设酒席。

㉓咸：全。问讯：打听消息。

㉔绝境：与世隔绝的地方。

㉕无论：别说。

㉖具言：详细讲述。

㉗延：请。

㉘此中人：指桃源中人。

㉙不足：不必。为外人道：对外头的人说。

㉚扶：沿着。向路：先前来时的路。

㉛志：做标记。

㉜及：到。郡下：郡城中。

㉝诣：拜见。太守：郡的行政长官。

㉞遣人：派人。

㉟向：先前。

㊱南阳：郡名。刘子骥：刘驎之，字子骥，东晋南阳人。当时著名的隐士。

㊲高尚士：隐士。

㊳规往：计划前往。

㊴未果：未能实现。

㊵寻：不久。病终：病死。

㊶问津：问路。津：渡口。

㊷嬴氏：指秦始皇嬴政。乱天纪：扰乱了正常的秩序。

㊸黄绮：夏黄公、绮里季，秦汉之际的著名隐士，与东园公、甪里先生隐居商山，称"商山四皓"。商山：山名。在今陕西商县东南。

㊹伊人：那些人，指桃花源中人。云：语气词。逝：逃离。

㊺往迹：去的路。浸：淹没。湮（yān）：埋没。

㊻来径：来路。芜废：荒芜、废弃。

㊼相命：相呼。肆：努力。

㊽从所憩：回家。

㊾余荫：枝叶茂盛，阴影宽大。

㊿菽：豆类。稷：谷类。艺：种植。

(51)靡：无。

(52)暧：遮蔽。交通：往来。

(53)俎豆：古代祭祀时用的器具，这里指祭祀方式。古法：古时的方法。

(54)新制：新式样。

(55)童孺：儿童。纵：随性。行歌：边走边唱。

(56)班白：老人。班：通“斑”。游诣：闲游问候。

(57)荣：开花。节：气候。和：暖和。

(58)木衰：草木凋零。厉：凄厉。

(59)纪历：岁历，历书。志：记载。

(60)四时：四季。岁：年。

(61)怡然：快乐的样子。

(62)奇踪：奇异的踪迹。五百：五百年。指从秦朝到东晋。

(63)敞：敞开。神界：神仙般的世界。

(64)淳薄：淳厚与浇薄。异源：从根源上不同。

(65)旋：随即。复：又。还幽蔽：回到隐蔽的状态。

(66)游方士：游于方内之士，世俗之士。

(67)焉测：怎能推知。尘嚣：尘世。

(68)蹑：踩，踏。

(69)高举：高飞。吾契：和我志趣相投的人。契：合。

【串讲】

文的意思是：

晋太元年间（公元 376—396 年），有一个以打鱼为业的武陵人，沿着溪水行走，忘记了道路的远近。忽然遇到了桃花林。夹着河岸数百步，中间没有一棵杂树，芳草鲜美，落花缤纷。渔人感觉很惊奇，又向前走，想走尽这一片桃林。林子的尽头就是溪水的源头，渔人在那里遇到了一座山。山石间有一个小口子，向里看时仿佛有一些光亮。渔人便丢下船从山口中钻了进去。开头的路极狭窄，刚能走过一个人去。又走了数十步，一下子便变得开阔明亮起来。土地平坦宽广，房屋整齐，田间有道路交通，远远近近都可以听到鸡鸣狗叫声。其中有人往来耕种劳作，男男女女的衣着，都和外面的人相同。从老人到小孩，全都高高兴兴的。见到渔人很吃惊，问他从哪里来，他便一一回答。于是，便有人邀请他回家，为他摆设酒席，杀鸡做饭。村里人听说有这么一个人，都来打探消息。他们自己说，先世的时候因为躲避秦灭六国的战乱，领着妻子儿女同乡人来到这一处与世隔绝的地方，不再出去，于是就和外面的人隔绝了。问他们现在是什么朝代，他们竟然连汉代都不知道，更别说魏晋了。渔人就替他们详细地介绍了他所了解的一切，都为世事的变化而感叹惋惜。其他人又都请他到自己家，都拿出酒食来招待他。停留了几天，要辞别回去。这里的人对他说："不必要对外面的人说起这里。"他出来后，找到自己的船，便沿着先前来时的路回来，一路处处都作了标记。到了郡中，去见太守讲述了这件事。太守就派人跟着他再去找，寻找先前留下的标记，竟然迷了路，不再能找到那条进去的路。南阳人刘子骥是一位志在高隐的人，听说这件事，高兴地计划着要前去，没有实现，不久就病死了。从此以后，就再也没有打听这条道路的人。

诗的意思是：

嬴氏扰乱了天地的自然秩序，贤德的人躲避他们的世代。夏黄公、绮里季去了商山，那些人也离开了战乱之地。去的路渐渐淹没了，来的路也荒废了。相互招呼着努力耕作，太阳落下时就回到自己家里。桑树、竹林垂下了阴影，大豆、谷子按时栽培。春天的蚕茧抽出了长丝，秋天的收获不交王税。荒芜的道路妨碍着交通，鸡儿、狗儿呼应着鸣吠。祭祀时的俎豆还用着古时的方法，穿着的衣裳没时新的样式。小孩子们边走边放声唱着歌，老年人高高兴兴闲游访问朋友。草开花了，知道节气和暖了；树落叶了，知道秋风变得凄厉。虽然没有日历记载标志，四季的变化自成形成一年的轮回。舒舒畅畅有享不尽的快乐，哪里需要绞尽脑汁去算计。奇异的踪迹隐没了五百年，一朝之间忽然敞开了这个神仙般的境界。里外的淳厚和浇薄既然不同，随即便又回复到先前那种隐蔽的状态。请问那些游于方内的世俗人，怎样才能测知那尘嚣外面的世界。我愿乘着一股清风，高高飞起，去寻找我和志趣相投的一切。

【点评】

自从这一文一诗问世，桃花源就成了中国人一个恒久的梦想。它仿佛是农业中国社会生活的一种理想原型，吸引着一代代人们，不断从生活到文章都去追慕怀想。在中国文学史上，由它所衍生出来的锦绣文章，也不知已有过多少篇。桃源是一个梦，在陶渊明写它的时候就是如此。这个梦境的产生，既与陶渊明生活的那个动荡的时代有关，也和从老子开始就已存在的道家思想的"小国寡民"社会理念有关，但从根本处说来，还和中国古代发达的农业经济这一基本生产方式有关。《桃花源记》原是陶渊明为他的诗所写的一段序文，但千百年来它的影响早已超出了诗本身。它似乎在写一次探险，探到的却是一个大和谐；它似在写仙境梦境，但叙写中却使用了言之凿凿的年代、人物等记史笔法。它把处于两极的审美方式交融为一体。自然农业乌托邦的魅力再加上文章本身的清丽优美，倒使人们常常欣赏《记》的诗性智慧，而忽略附在后面的诗本身。然而，诗亦有诗的价值，比之《记》文，它更明确地表达了陶渊明的思想，但它也因此显得比《记》文更质实，从而减少了留给读者的想象空间和发挥余地。

清人方东树《昭昧詹言》卷四说："《桃花源》，此诗叙一大事，本末曲折具备，而章法布置，抵一篇文字。句法老洁，抵史笔。议论精卓，抵论赞。起四句，作一总叙，而笔势笼罩，原委昭明，峥嵘壮浪。'往迹'以下，夹叙夹写。'奇踪'以下又总结。'借问'四句，收入自己，何等神完气足。以视小谢《孙权故城》，彼为板实无法，而没奈何矣。陶疏谢密，然谢实陶出，如此真谢之祖也。古人文之高妙，无不艰苦者。但阮公、陶公艰在用意用笔，谢、鲍艰在造语下字。初学人不先从鲍、谢用功，而便学阮、陶，未有不凡近浅率，终身无所知。以此求之，数千年不得数人，纷纷俗士，不足讥矣。"这里特别注意的是陶渊明举重若轻，老到高妙的章句安排。近人梁启超《中国韵文里头所表现的情感》："陶渊明的《桃花源诗·序》，正是浪漫派小说的鼻祖。那首诗自然也是浪漫派绝好韵文。里头说的：……相命肆农耕，日入从所憩。桑竹垂余荫，菽稷随时艺；春蚕收长丝，秋熟靡王税。荒路暖交通，鸡犬互鸣吠。……童孺纵行歌，斑白欢游诣。草荣识节和，木衰知风厉。虽无纪历志，四时自成岁。怡然有余乐，于何劳智慧。……这是渊明理想中绝对自由、绝对平等、无政府的互助的社会状况。最主要的精神是'超现实'。但他和《楚辞》不同处，在不带神秘性。"这里要注意的是陶渊明的审美倾向。一个理想国竟然依附在一个现实的地点上，不免就引起历代文人纷纷的探寻。但所有的追寻，找到的也未必真是它的现实原型。

但是桃花源毕竟太诱人了，以致引得列代诗人吟唱不止。清代胡式钰《窦存》卷二《诗窦》说："李太白《山中问答》诗，其境得陶之'桃花源'、其意得《饮酒》'结庐在人境'一章而约言之。"李诗云："问余何意栖碧山，笑而不答心自闲。桃花流水窅然去，别有天地非人间。"其中的"桃花流水""别有天地"，的确是可以导向桃花源的境界的。值得注意的，还有时年十九岁的王维的《桃源行》，其前小序几乎全引《桃花源记》，其诗云："渔舟逐水爱山春，两岸桃花夹古津。坐看红树不知远，行尽青溪不见人。……春来遍是桃花水，不辨仙源何处寻。"中间也差不多都是对《桃花源记》的改写。又韩愈《桃源图》诗云："神仙有无何渺茫，桃源之说诚荒唐。"比之王维的少年意气，韩愈质疑桃花源的心态未免有些苍老。宋代王安石有《桃源行》感慨世间多秦政，赞叹桃源的"虽有父子无君臣"；苏轼有《和陶桃花源》，其小序说："世传桃源事，多过其实……尝意天壤间，若此者甚众，不独桃源。"继以诗云："凡圣无异居，清浊共此世。心闲偶自见，念起忽已逝。欲知真一处，要使六用废。桃源信不远，杖藜可小憩。……"也就是说，桃花源不须远寻，只要从自己的心态和耘樵方式做起，就可变成一种触手可及的生活境界。元好问《寄题沁州韩君锡耕读轩》说："……桃源无汉魏，况复义熙前。读书与躬耕，兀兀送残年。渊明不可作，尚友乃为贤。……"也就是说，乐我所然，读书与躬耕，就可以获得桃花源的生活境界。这就是陶渊明《桃花源记》给中国人开拓的人生方式。

国学经典丛书第二辑

闲情赋 并序

　　初，张衡作《定情赋》①，蔡邕作《静情赋》②，检逸辞而宗澹泊③，始则荡以思虑④，而终归闲正⑤。将以抑流宕之邪心⑥，谅有助于讽谏⑦。缀文之士⑧，奕代继作⑨，并因触类⑩，广其辞义⑪。余园闾多暇⑫，复染翰为之⑬，虽文妙不足，庶不谬作者之意乎⑭？

　　夫何瑰逸之令姿⑮，独旷世以秀群⑯。表倾城之艳色⑰，期有德于传闻⑱。佩鸣玉以比洁，齐幽兰以争芬。淡柔情于俗内，负雅志于高云⑲。悲晨曦之易夕，感人生之长勤⑳。同一尽于百年，何欢寡而愁殷。褰朱帏而正坐㉑，泛清瑟以自欣㉒。送纤指之余好，攘皓袖之缤纷㉓。瞬美目以流眄㉔，含言笑而不分。

　　曲调将半，景落西轩㉕。悲商叩林㉖，白云依山。仰睇天路㉗，俯促鸣弦。神仪妩媚，举止详妍㉘。激清音以感余，愿接膝以交言㉙。欲自往以结誓，惧冒礼之为愆㉚，待凤鸟以致辞，恐他人之我先㉛。意惶惑而靡宁，魂须臾而九迁㊷。

　　愿在衣而为领，承华首之余芳；悲罗襟之宵离，怨秋夜之未央㉝。愿在裳而为带㉞，束窈窕之纤身；嗟温凉之异气㉟，或脱故而服新。愿在发而为泽㊱，刷玄鬓于颓肩㊲；悲佳人之屡沐，从白水以枯煎。愿在眉而为黛，随瞻视以闲扬㊳；悲脂粉之尚鲜，或取毁于华妆。愿在莞而为席㊴，安弱体于三秋；悲文茵之代御㊵，方经年而见求㊶。愿在丝而为履，附素足以周旋㊷；悲行止之有节，空委弃于床前㊸。愿在昼而为影，常依形而西东；悲高树之多荫，慨有时而不同。愿在夜而为烛，照玉容于两楹㊹；悲扶桑之舒光㊺，奄灭景而藏明㊻。愿在竹而为扇，含凄飙于柔握㊼；悲白露之晨零，顾襟袖以缅邈㊽。愿在木而为桐，作膝上之鸣琴；悲乐极以哀来，终推我而辍音㊾。

　　考所愿而必违，徒契契以苦心㊿。拥劳情而罔诉51，步容与于南林52。栖木兰之遗露53，翳青松之余阴。傥行行之有觌54，交欣惧于中襟55。竟寂寞而无见，独悁想以空寻56。敛轻裾以复路57，瞻夕阳而流叹。步徙倚以忘趣58，色惨悽而矜颜59。叶燮燮以去条60，气凄凄而就寒。日负影以偕没，月媚景于云端61。鸟凄声以孤归，兽索偶而不还。悼当年之晚暮62，恨兹岁之欲殚63。思宵梦以从之，神飘飖而不安。若凭舟之失棹，譬缘崖而无攀。

于时毕昴盈轩⁶⁴，北风凄凄。耿耿不寐⁶⁵，众念徘徊。起摄带以伺晨⁶⁶，繁霜粲于素阶⁶⁷。鸡敛翅而未鸣，笛流远以清哀。始妙密以闲和⁶⁸，终寥亮而藏摧⁶⁹。意夫人之在兹⁷⁰，托行云以送怀。行云逝而无语，时奄冉而就过⁷¹。徒勤思以自悲，终阻山而滞河。迎清风以祛累，寄弱志于归波⁷²。尤《蔓草》之为会⁷³，诵《邵南》之余歌⁷⁴。坦万虑以存诚，憩遥情于八遐⁷⁵。

【注释】

①张衡：东汉文学家。著有《二京赋》《归田赋》《四愁诗》等，《定情赋》今已失传，佚文见《艺文类聚》卷十八。

②蔡邕：东汉文学家。《静情赋》，又名《检逸赋》，佚文见《艺文类聚》卷十八。

③检：约束，收敛。逸辞：放逸的文辞。宗：推崇，崇尚。澹泊：恬淡、平静，指文章风格及人生态度。

④荡：放。

⑤闲正：正。《广雅·释诂》："闲，正也。"

⑥流宕：放逸，把持不定。

⑦谅：相信会。讽谏：委婉地劝说、批评，是辞赋的主要表现手法。

⑧缀文之士：写文章的人。

⑨奕代：累世，代代。

⑩触类：触类相通。

⑪广：扩大。

⑫园间：指家居。间，里门。《周礼》："五家为比，五比为间。"

⑬染翰：提笔写字。翰，笔。

⑭谬：背离，违反。

⑮瑰逸：奇丽。令：美。

⑯旷世：绝代。秀群：超群。

⑰倾城：女子美貌压倒全城。史载西汉李延年向汉武帝推荐其妹，作歌："北方有佳人，绝世而独立。一顾倾人城，再顾倾人国。"

⑱期：期盼。

⑲负：抱持。雅志：高尚的情操。

⑳长勤：永远辛劳。《楚辞·远游》："惟天地之无穷兮，哀人生之长勤。"

㉑褰：撩开。朱帏：红色的帷幕。正坐：端坐。

㉒泛：弹拨抚弄。

㉓攘：捋起。皓袖：衣袖。

㉔瞬：眼眸转动。盼：斜视。

㉕景：日光。西轩：西窗。

㉖悲商：悲凉的商音，指秋风声。商：古代音乐中的五音（宫、商、角、徵、羽）之一，按传统五行学说，属金，属西方，属秋天，多含悲凉意味。

㉗睇：斜眼看。天路：指天空。

㉘详妍：安详美好。

㉙接膝：两膝相接，对坐。

㉚冒礼：冒犯礼仪。愆（qiān）：同"愆"，过失。

㉛"待凤鸟"两句：化用《楚辞·离骚》诗句："心犹豫而狐疑兮，

欲自适而不可。凤凰既受诒兮，恐高辛之先我。"原诗中说，想向传说中的有娀美女表达爱慕之意，犹豫彷徨间，听说凤凰已受人委托带去了高辛氏的聘礼。

㉜"意惶惑"两句：化用《楚辞·抽思》诗句："惟郢路之辽远兮，魂一夕而九逝。"九迁：多次前往。九：多次。

㉝未央：未尽。

㉞裳：裙、裤。带：腰带。

㉟温凉：冷暖。

㊱泽：润发的膏泽。

㊲玄鬓：黑发。颓肩：削肩。

㊳瞻视：看。闲扬：形容眉眼之间的一种优雅表情。

㊴莞：蒲草织的席子。

㊵文茵：虎皮的坐褥。代御：取代、替换使用。

㊶求：取用。

㊷周旋：走动。

㊸委弃：抛弃。

㊹楹：厅堂前的柱子。

㊺扶桑：传说中的神树，是太阳栖息的地方。舒光：放射、散布光芒。

㊻奄：奄忽，忽然。景：明，指烛光。

㊼凄飙：凉风。柔握：柔软的手。

㊽缅邈：遥远。

㊾辍：停止。

㊿契契：愁苦的样子。

(51)劳情：思虑过多，劳苦忧伤的情怀。罔：无。

(52)容与：踟蹰徘徊。

(53)“栖木兰”句：语出《楚辞·离骚》：“朝饮木兰之坠露兮，夕餐秋菊之落英。”

(54)傥：倘或，假若。觌（dí）：相见，会面。

(55)中襟：内心，心中。

(56)悁（yuān）想：忧思，郁闷。悁：忧愁。

(57)裾：衣服的大襟。复路：原路返回。

(58)徙倚：徘徊的样子。趣：同“趋”。

(59)矜颜：面容严肃。

(60)燮燮：落叶声。

(61)景：同“影”。

(62)当年：壮年。

(63)殚：尽。

(64)毕昴：毕星和昴星，均属二十八宿。

(65)耿耿：心中有事，睁眼难眠的样子。《楚辞·远游》：“夜耿耿而不寐兮，魂茕茕而至曙。”

(66)摄带：束带，穿衣。

(67)粲：明亮。

(68)妙密：精妙细密。闲和：闲雅平和。

(69)藏摧：哀伤的样子。

(70)意：料想，想象。夫人：那个人。

(71)奄冉：荏冉，形容时光渐渐推移。

(72)归波：逝去的流水。

⑦尤：责，怨。《蔓草》：指《诗经·郑风》中的《野有蔓草》。《毛诗序》认为该诗写的是"男女失时，思不期而会焉"。

⑦《邵南》：即《诗经》中的《召南》部分。《诗大序》认为《周南》《召南》中的诗都是"正始之音，王化之基。"

⑦八遐：八方极远的地方。

【串讲】

序的意思是：

当初，张衡作《定情赋》，蔡邕作《静情赋》，收束放荡的文辞而推崇淡泊之风。一开始放开思想任情表现，而最终归结于正当的思想意识。想要以之抑制放纵的邪念，有助于委婉地规劝、批评人情。写文章的人，历代都有继作，都延续着相同的思路，伸展着同样的意思。我居家生活有很多闲暇，又提笔写了一篇这样的文字，虽然文辞的精妙不足，但也算没有违背先前那些作者的本意的吧！

正文的意思是：

多么瑰丽奇异的姿容啊，远远超出于一世的美女之上！就像是前人描述中的倾国倾城的艳色，期盼传说中的有德淑女。与琤琤的玉佩一样高洁，与幽谷的兰花一样芬芳。胸怀不同流俗的淡泊情志，负抱高出云表的不凡心怀。悲怀早晨的阳光易于变成夕照，感叹人生的永远辛劳。人的生命同样不过终结于百年，为什么总是欢乐少而悲愁深重。撩开朱红的帷幕端坐堂前，抚弄清瑟来自我欢娱。推送出纤纤玉指弹出美妙，捋起掩藏着皓臂的衣袖的层层叠叠。转动的眼珠传递着灵动的眼波，似言非言似笑非笑，浑然不分。

曲调将要过半的时候，日影落下了西窗。一阵秋风吹入林际，白云飘浮在山边。抬头眺望天空，低头抚弄琴弦。神态仪容妩媚，举止安详美丽。弹拨出的清亮乐音感动了我，让我产生出与她接膝对坐亲密交谈的心愿。想自已前往和她结好盟誓，害怕冒犯了礼仪。等待凤鸟做媒向她表达心意吧，又担心别人抢在了我的前边。心情惶惑不能安定，魂儿片刻间已飘飞去九次。

我愿在她的上衣做她的衣领，承接那美丽的头颅散出的香气；憾恨绫罗的衣衫到晚上也要脱去，只会让人抱怨秋夜的漫长无穷无尽。我愿在她的下裳上做她的衣带，轻轻束住她窈窕纤弱的腰身；可惜天气也有着寒热不同的变化，免不得有时她会脱去旧衣穿上新装。我愿在她的发上做那润发的膏泽，随她的黑发拂扫着她的削肩；只可恨佳人的常常沐浴，不得不跟着它在热水中煎熬。我愿在她的眉毛做那青黛，随着她的抬头低头显扬她优雅的表情；可恨脂粉妆饰要常换常新，免不得有时会被新的化妆品取替。我愿做蒲草而编成一张她的席子，让她纤弱的身躯在秋天能够安适地休息；只可恨会被虎皮的坐褥代替，将要经过整整一年才会再次被取出。我愿做丝线而绣成她的鞋子，紧贴着她的素足走来走去；可恨她的行动也要符合许多规矩，鞋子也常常被白白地闲置在床前。我愿在白天就做她的影子，常常随着她的身体的活动而或东或西；可恨高大的树木多有荫翳，悲惜不同时节光影也有不同。我愿在夜里做她的灯烛，照亮她美好的容颜在厅堂之上；感叹扶桑之处的太阳散播光芒，奄忽之间就会让灯烛失去它的光影掩蔽它的光明。我愿做竹子而被做成一把扇子，蕴藏凉风在她的柔软小手之内；悲叹白露在早晨的降落，顾看秋扇间它已被扔得远远的。我愿做树木就做梧桐，做一张在她的膝头鸣响的筝琴；慨叹乐极难免悲来，她终于还是会推开我而停止奏乐。

想一想我的愿望都终将落到反面，唯有白白地愁苦劳心。怀抱劳苦忧伤的心情无处诉说，踟蹰徘徊在南边的树林。歇息在带露的木兰之旁，头顶遮蔽着青松的阴影。想象着倘或走着走就能迎面碰见，心中交替着快乐与忧惧的心情。但最终一片寂寞什么也没见到，只有独自郁闷向空追寻。整理好衣襟回到原来的道路，遥望着夕阳一声声地叹息。步履徘徊忘记走向哪里，面容凄惨严肃沉郁。树叶簌簌离开枝条，天气凄凄清清转向寒凉。太阳拖着它的光影一起沉落下去，月亮升上云端摆弄着它的清影。鸟儿悲鸣孤飞回巢，野兽寻找着它的伴侣不肯回去。伤怀青春壮岁很快要变成晚景迟暮，憾恨这一年又将要过尽。想着要从梦里去追随她，心神摇荡不能安宁，就像坐船丢失了船桨，就像路走到悬崖下没有可攀援的东西。

这个时候，毕星和昴星正挂在窗前，北风凄凄吹拂。睁眼难眠，终宵不寐，各种各样的念头纷至沓来。起来穿上衣服等待天明吧，看见繁霜正闪亮于白石的台阶。雄鸡还收缩着翅膀不曾鸣叫，笛声却远远传扬着清淡的哀愁。开始是精妙细密闲雅平和，最终嘹亮而令人极度伤心。想象那个人就在这里，想托付天空的流云传送思念的心情。流云飘去没有言语，时光荏苒渐渐逝去。徒然时时思念自我悲切，至终还是隔山隔河难通消息。迎着清风祛除身心的疲累，将温柔的心志寄托于逝去的流水。批评像《野有蔓草》那样的男女私会，诵读《召南》那样的礼义遗音。坦然敞开万千的思虑留存内心的真诚，让游荡在八方之外的浮情得到止息安憩。

【点评】

在陶渊明所有作品中，《闲情赋》要算最为特别的一篇。有关它的评价，历来颇有异辞，有引以为憾者，如自称"爱嗜其文，不能释手；尚想其德，恨不同时"的梁昭明太子萧统，便说"白璧微瑕，唯在《闲情》一赋"（《陶渊明集序》）；有盛赞其辞者，如宋苏轼说它"正所谓《国风》好色而不淫，正使不及《周南》，与屈、宋所陈何异?"这样不同的评价，在陶渊明其他作品的接受中，显然没有其他作品可以相比。

《闲情赋》的"闲"，从作者自作小序看，应为"闲正"之"闲"。也就是《广雅·释诂》中所说的"闲者，正也"。和张衡《定情赋》、蔡邕《静情赋》中的"定""静"一样，其目标都在"检逸辞而宗澹泊"，故而"始则荡以思虑，而终归闲正"，"将以抑流宕之心，谅有助于讽谏"。然而，通读全篇，除了末尾"尤《蔓草》之为会，诵《邵南》之余歌"两句外，你几乎再看不到它有什么"检逸辞而宗澹泊"的地方，相反，整篇贯穿的，其实都是对一个绝世佳人的想象和恋慕。中间许多语句和段落，描写美人举止神态不唯刻画备至，抑且异常生动感人。如"送纤指之余好，攘皓袖之缤纷。瞬美目以流眄，含言笑而不分"，就不但将一种源自《诗经·硕人》的美人描画手法，送推到了新的更为生动的艺术的境界，而且也更使其中暗含的"力比多"因素显得强烈浓郁。特别是"愿在衣而为领"一节，愿化身为美人的衣领、腰带、发泽、眉黛、坐席、鞋子、身影、灯烛、扇子、琴瑟，连翩设喻，曲尽缠绵，更是古典文学中少有的旖旎描写，其真切动人处，早已被所谓"检逸辞而宗澹泊"抛到了九霄云外，也与陶渊明所谓"隐逸诗人之宗"的传统形象颇相扞格。也正因此，才有了萧统批评它"卒无讽谏，何必摇其笔端。惜哉，无是可也"的评论，以及苏轼对萧统评价的"小儿强作解事者"的讥嘲。而这里也不仅有他们对它与中国文学中"劝百讽一"的辞赋传统与"香草美人"的诗骚传统的不同体认，更有各自人态度上的放逸、严谨的潜在选择。可以说，《闲情赋》的存在，堪称从又一角度表明了陶渊明人生精神的丰富，并从内部解构了将他看作仅有淡泊的"隐逸诗之宗"历史成见。

因此，到现代，鲁迅借谈选本对一个作者全人认识的遮蔽，便屡屡举它为例。比如说《文选》"不收陶潜《闲情赋》，掩去了他也是一个既取民间《子夜歌》意，而又拒以圣道的迂士"（《集外集·选本》）。又说："被选家录取了《归去来辞》和《桃花源记》，被论客赞赏着'采菊东篱下，悠然见南山'的陶潜先生，在后人的心目中，实在飘逸得太久了，但在全集里，他却有时很摩登，'愿在丝而为履，附素足以周旋，悲行止之有节，空委弃于床前'，竟想摇身一变，化为'阿呀呀，我的爱人呀'的鞋子，虽然后来自说因为'止于礼义'，未能进攻到底，但那些胡思乱想的自白，究竟是大胆的。"（《且介亭杂文二集·"题未定"草（六至九）》）所谓"《子夜歌》意"，所谓"摩登"，所谓"胡思乱想的自白"，所说的正是这样一个被人忽略了的陶渊明，他的丰富，他的自由，他的淡泊诗风之外的异常的浪漫和旖旎。要认识完整的陶渊明，的确不能不读这一篇《闲情赋》。

从辞赋源流上看，陶渊明的《闲情赋》可谓承张衡《定情赋》、蔡邕《静情赋》而来而对前作有所借鉴。可惜张、蔡二赋已经散佚，现在只能从唐代类书或《文选》唐李善注中捡到一些碎片。清人严可均《全后汉文》卷五十三辑录张衡《定情赋》佚文："夫何妖女之淑丽，光华艳而秀容。断当时而呈美，冠朋匹而无双。叹曰：'大火流兮草虫鸣，繁霜降兮草木零。秋为期兮时已征，思美人兮愁屏营。'"（《艺文类聚》十八）"思在面为铅华兮，患离尘而无光。"（《文选·洛神赋》注）其中对妖艳女子的赞美，就有想充当她脸上化妆的铅粉，担忧蒙上灰尘而失去光泽等语。同书卷六十九又辑录有蔡邕《静情赋》的碎片："夫何姝妖之媛女，颜炜烂而含荣，普天壤其无丽，旷千载而特生。余心悦于淑丽，爱独结而未并。情罔象而无主，意徙倚而左倾。昼聘情以舒爱，夜托梦以交灵。"（《艺文类聚》十八）"思在口而为簧鸣，哀声独不敢聆。"（《北堂书钞》一百十）其中也有想充当美女口中的笙簧，但又担忧她吹出不忍卒听的悲哀音符等语，这些都可能启发了陶渊明创作《闲情赋》时的灵感，但作为一篇完整的艺术作品，陶渊明之作还是以其新颖、独到、大胆，给整个中国文学史带来了一种全新的创造和持久的冲击。

归去来兮辞 并序

　　余家贫，耕植不足以自给①。幼稚盈室②，缾无储粟③，生生所资④，未见其术⑤。亲故多劝余为长吏⑥，脱然有怀⑦，求之靡途⑧。会有四方之事⑨，诸侯以惠爱为德⑩，家叔以余贫苦⑪，遂见用于小邑⑫。于时风波未静⑬，心惮远役⑭，彭泽去家百里⑮，公田之秋⑯，过足为润⑰，故便求之。及少日⑱，眷然有归欤之情⑲。何则？质性自然⑳，非矫励所得㉑。饥冻虽切㉒，违己交病㉓。尝从人事㉔，皆口腹自役㉕。于是怅然慷慨㉖，深愧平生之志。犹望一稔㉗，当敛裳宵逝㉘。寻程氏妹丧于武昌㉙，情在骏奔㉚，自免去职㉛。仲秋至冬，在官八十余日。因事顺心，命篇曰归去来兮㉜。乙巳岁十一月也㉝。

　　归去来兮！田园将芜胡不归㉞？既自以心为形役㉟，奚惆怅而独悲㊱？悟已往之不谏㊲，知来者之可追㊳；实迷途其未远，觉今是而昨非㊴。舟摇摇以轻飏㊵，风飘飘而吹衣。问征夫以前路，恨晨光之熹微[41]。乃瞻衡宇[42]，载欣载奔[43]。僮仆欢迎[44]，稚子候门。三径就荒[45]，松菊犹存。携幼入室，有酒盈樽[46]。引壶觞以自酌[47]，眄庭柯以怡颜[48]。倚南窗以寄傲[49]，审容膝之易安[50]。园日涉以成趣[51]，门虽设而常关[52]。策扶老以流憩[53]，时矫首而遐观[54]。云无心以出岫[55]，鸟倦飞而知还。景翳翳以将入[56]，抚孤松而盘桓[57]。

归去来兮，请息交以绝游[58]。世与我而相遗[59]，复驾言兮焉求[60]？悦亲戚之情话[61]，乐琴书以消忧。农人告余以春及[62]，将有事乎西畴[63]。或命巾车[64]，或棹孤舟[65]。既窈窕以寻壑[66]，亦崎岖而经丘[67]。木欣欣以向荣[68]，泉涓涓而始流[69]。羡万物之得时，感吾生之行休[70]。

已矣乎[71]！寓形宇内能复几时[72]？曷不委心任去留[73]？胡为遑遑欲何之[74]？富贵非吾愿，帝乡不可期[75]。怀良辰以孤往[76]，或植杖而耘耔[77]。登东皋以舒啸[78]，临清流而赋诗。聊乘化以归尽[79]，乐夫天命复奚疑[80]？

【注释】

①耕植：耕种。

②盈室：满屋。

③缾：同"瓶"，储粮的陶器。

④生生所资：维持生计的方法。资：方法。

⑤术：方法。

⑥长吏：职位较高的县吏。

⑦脱然：释然。放下重负的样子。

⑧靡：无。

⑨四方之事：指当时地方军阀间的战争。

⑩诸侯：这里指握有实力的地方势力。

⑪家叔：陶渊明的叔父陶夔，曾为太常卿。

⑫见用：被任用。邑：县。

⑬风波：指战事。

⑭惮：惧怕。

⑮彭泽：县名，旧址在今江西湖口县东。

⑯公田：官田。

⑰过足：已超出了糊口所需。润：丰润。

⑱及少日：到任没多少日子。

⑲眷然：反顾、怀恋的样子。归欤：回去吧。语出《论语·公冶长篇》："子在陈，曰：'归欤，归欤！……'"

⑳质性：天性。

㉑矫励：勉强，强迫。

㉒切：急迫。

㉓违己：违背自己的本心。交病：身心都痛苦。

㉔尝：曾经。从人事：随人做事。

㉕口腹自役：因口腹之需而自我役使。

㉖怅然：若有所失的样子。慷慨：情绪激动的样子。

㉗稔（rěn）：谷物成熟。

㉘敛裳：整理衣装。宵逝：悄悄离开。宵：夜。

㉙寻：不久。程氏妹：嫁到程家的妹妹。

㉚骏奔：急奔。

㉛去职：离职，辞职。

㉜归去来兮：归去吧。来、兮均为语气助词。

㉝乙巳岁：晋义熙元年，公元405年。

㉞芜：荒芜。胡：为何。

㉟心为形役：心神被形体所役使。

㊱奚：何。

㊲悟已往之不谏：《论语·微子篇》："楚狂接舆歌而过孔子曰：'凤兮，凤兮！何德之衰？往者不可谏，来者犹可追。已而，已而！今之为政者殆而！'"谏：劝阻。

㊳追：挽回，补救。

㊴是：对。非：错。

㊵飏：飞扬。

㊶熹微：早晨微弱的光线。

㊷乃：终于。瞻：望见。衡宇：简陋的房舍。

㊸载：又。

㊹僮仆：仆人。

㊺三径：隐士的荒僻居处。《三辅决录》："蒋诩字元卿，舍中三径，唯羊仲、求仲从之游。皆挫廉逃名不出。"

㊻樽：酒壶。

㊼引：拿起。觞：酒杯。

㊽眄（miǎn）：斜视。庭柯：庭院中的树木。柯：树枝。怡颜：开颜。

㊾寄傲：寄托傲世之情。

(50)审：深知。容膝：容膝之地。窄小地方。易安：易于安身。

(51)涉：涉足。

(52)关：关闭。

(53)策：拄着。扶老：拐杖。流憩：漫游休息。

(54)矫首：抬头。

(55)岫（xiù）：山洞，山谷。

(56)景：日光。翳翳：暗淡的样子。

(57)盘桓：徘徊，留连。

(58)息交：停止社会交往。绝游：断绝交游。

(59)相遗：相互遗弃。

(60)驾言：驾车出游。《诗经·邶风·泉水》中有句诗说“驾言出游”，这里是以“驾言”代“出游”。言：语气助词。焉求：何求。

(61)情话：有情有义的话。

(62)春及：春天到了。

(63)事：指农事。畴：田间。

(64)巾车：有车篷的车子。

(65)棹：船桨。这里作动词，划船。

(66)窈窕：幽深的样子。壑：山沟。

(67)崎岖：高低不平的样子。丘：山丘。

(68)木：草木。

(69)涓涓：水流细缓的样子。

(70)行休：将终。

(71)已矣乎：算了吧。

(72)寓形宇内：寄身世间。

⑦⑬曷：何。委心：随心。

⑦⑭遑遑：匆促不安的样子。

⑦⑮帝乡：仙境。期：指望。

⑦⑯怀：念。良辰：美好时光。孤往：独自出游。

⑦⑰植杖：把手杖插在地头。耘籽：除草播种。语出《论语·微子篇》："子路从而后，遇丈人，以杖荷蓧。子路问曰：'子见夫子乎?'丈人曰：'四体不勤，五谷不分，孰为夫子?'植其杖而耘……子曰：'隐者也。'"后泛指隐士耕作。

⑦⑱皋：水边高地。舒啸：长啸。啸：噘口发声。

⑦⑲乘化：顺随大化自然。

⑧⑳奚疑：何疑。

【串讲】

序的意思是：

我家境清贫，仅凭农作不能满足生活所需。满屋子的小孩子，米缸里却一点积存的粮食也没有，一直未能找到维持生计的好办法。亲戚朋友多劝我出仕做官，心里有了这个念头，便松了一口气，只是找不到做官的门径。恰逢天下动荡，各方势力都重视施惠贻爱，网罗人心。我叔父看我家境贫苦，便荐举了我，于是我就被任用为小地方的官员。当时政治风波尚未平息，我害怕去远地方，彭泽县离家只有百里，公田的秫米，也超出糊口所需称得上丰润，所以就要求去那里。到任没几日，心里却眷念起家乡来，有了思归的心绪。为什么会这样呢? 我本性自然，不是能勉力政事的人，饥寒虽然迫切，但违背自己的本心却使身心都很痛苦。从前虽然也曾做过小官，都是为了养家糊口而役使自己。想到这儿不禁慨然长叹，深为违背平生之志而惭愧。但还只望能有一季收成，然后就收拾行装乘夜悄悄离去。不久，嫁到程家的妹妹在武昌去世，我急于奔丧，自动弃官离职。从仲秋到冬天，在官八十多天。因这事做得畅心，就写了篇文章叫《归去来兮》。乙巳年（公元405年）十一月。

正文的意思是：

归去啊——田园都要荒芜了，为什么还不归去！既然是自己让心灵被形体所奴役，为什么还要惆怅伤悲？醒悟了过去的无法劝止，明白了未来的一切还可以重新做起。走入迷途其实并不太远，感觉出了今天的正确与昨天的错误。船儿晃荡着在水面轻快地行进，风儿轻轻吹动我的衣襟。向行人打听着前面的道路，只恨微弱的晨光不能将我的归途照得通明。才望见自家的屋宇，就高兴地向前跑去。仆人们欢喜地迎了过来，小儿子等在门口。庭院的路径快被荒草淹没了，但我喜爱的松树、菊花仍和过去一样生长着。端起杯壶自斟自饮，侧眼看到庭中的青枝绿叶面色顿然舒展。倚南窗坐卧寄托自己傲世的情怀，深深懂得了小家陋室的易于获得安适。田园景色随着一天天的散步欣赏而愈发有趣，虽然有一个家门却总是关着。拄起拐杖到处走走停停，不时抬头望一望遥远的天际。云朵自自在在从山谷间飘出，鸟儿飞累了回到自己的巢中。天色昏暗下来，太阳快要落到山后，我仍然扶着一株孤松留连忘返。

归去啊——谢绝一切世俗的交际。社会风尚和我的天生性情相背，还是出游吧，还追求什么呢？从亲戚间的平凡的人情言谈中得到快乐，寄兴琴书以忘却世间的烦扰。农人告诉我春天到了，将要到西边的田地里去耕种。我有时乘一辆小车，有时划一只小船。探访完幽邃的溪谷，又爬上崎岖的山包。树木欣欣向荣，泉水解冻，开始涓涓涌流。赞美万物的逢着春天，更觉自己生命的短促。

算了吧！寄身天地之间还能有多长时间呢？为什么不任性而为，随意去留呢？为什么要弄得自己心神不定，究竟要追求些什么呢？荣华富贵不是我想要的，天上的仙境又无法寻求。还是乘着好时光出去游一游，或者把拐杖插到地头耕一会儿田吧。登上东山放声长啸，走近清溪赋诗作文。姑且顺随自然度完这一生，乐天知命吧，还疑惑什么？

【点评】

《归去来兮辞》是陶渊明人生决断的见证，是他从"口腹自役"的生命不自由状态解脱出来，轻松自在地享受人生的欢趣的开始。他赋归的内在的原因，在于"质性自然，非矫励所得"，因而把"归去来"当成"顺心"之事，并在田园松菊、琴书农事中找回了自我。自其心其性来说，陶渊明无愧为自然之子。开头一篇小序，清楚地记述了他从违己到顺心的转变历程，娓娓吐诉，自然亲切，既具独立之欣赏价值，又可与后文交相辉映。正文出之以韵语，反复咏叹，精细描绘，正面表现田园生活之美。全篇三节。第一节，写归家途中的轻快心情和居家生活的闲暇乐趣；第二节，写亲戚邻里之间的交游和劳动的快乐；第三节，表明自己对于人生的根本看法和态度。每节开头均以感叹句开始，一唱三叹，回环往复，情浓意足。整篇文章无论在结构安排上，还是在遣词造句上，都显得极具艺术匠心，却又不让人感觉到一点斧凿的痕迹。"云无心以出岫，鸟倦飞而知还"，就是这么洒脱自在，舒卷自如。

应该说，这篇绝妙好辞是陶渊明在他四十一岁时完成的一次精神之旅。苏轼《和归去来兮辞》小序称："子瞻谪居昌化（海南儋耳郡），追和渊明《归去来辞》，盖以无何有之乡为家，虽在海外，未尝不归云尔。"辞末云："师渊明之雅放，和百篇之新诗。赋归来之清引，我其后身盖无疑。"虽然已没有陶渊明那种回归精神家园的欣慰，但还是以其"后身"自许。晚明王屋名不见于经传，但对陶渊明感情极浓，每逢重九，都以词祭奠陶渊明。其

《贺新郎·重九》中说："聊且一杯酒，吊渊明、篱边丛菊，门前高柳……归去来兮辞犹在，道从前、写敝千人手。更读破，万人口。"正说出了这篇绝妙好辞的传播之盛。

五柳先生传

先生不知何许人也①，亦不详其姓字②，宅边有五柳树，因以为号焉。闲静少言，不慕荣利。好读书，不求甚解③，每有会意，便欣然忘食。性嗜酒，家贫不能常得。亲旧知其如此，或置酒而招之。造饮辄尽④，期在必醉⑤，既醉而退，曾不吝情去留⑥。环堵萧然⑦，不蔽风日，短褐穿结⑧，箪瓢屡空⑨，晏如也⑩。常著文章自娱，颇示己志。忘怀得失⑪，以此自终。

赞曰⑫：黔娄之妻有言⑬："不戚戚于贫贱⑭，不汲汲于富贵⑮。"其言，兹若人之俦乎⑯？酬觞赋诗⑰，以乐其志，无怀氏之民欤⑱？葛天氏之民欤？

【注释】

①何许：何处。

②姓字：姓名。

③不求甚解：不刻意追求详备的解释。这是针对汉以来一些人皓首穷经的迂阔做法而发的有为之辞，表明了一种与之相对的人生态度。

④造饮辄尽：去喝酒总要喝光。造，到，去。辄，总是，就。

⑤期：期望，追求。

⑥吝情：在意，挂心。

⑦环堵萧然：四壁空空。环堵：四壁，借指屋子。萧然：空洞、冷清的样子。

⑧短褐：老百姓穿的粗毛短衣。穿：穿孔，破洞。结：打结，补钉。

⑨箪（dān）：竹制食器。瓢：饮器。箪瓢屡空：指常常缺吃少喝。

⑩晏如：安然自在的样子。

⑪忘怀：不在意，不放在心上。

⑫赞：史传后的评论性文字。

⑬黔娄：春秋时名士，清贫自守，不愿出仕。他死后，妻子为他作诔，说了文中所引的话。

⑭戚戚：忧愁的样子。

⑮汲汲：渴求的样子。

⑯兹若人之俦乎：就指这个人一类的人物吧？若人：此人。俦：同类。

⑰酬觞：饮酒。觞：酒杯。

⑱无怀氏：和下句的葛天氏都是传说中的上古帝王。

【串讲】

先生不知是哪里人，也不清楚他姓甚名谁，院子边有五棵柳树，因此就以"五柳先生"为号。他为人安闲恬静，少言寡语，也不追慕荣华势利。喜欢读书，但不刻意寻根究底埋头章句，每读到会心的地方，便欢喜得连吃饭也忘记了。性喜饮酒，家贫不能经常得到。亲戚朋友知道这种情况，有时就准备了酒请他去喝。去了就总是要将酒喝光，期望一醉方休，喝醉了就回去，竟然一点也不在意去留的礼节。家里总是四壁空空，破屋子遮挡不住风吹日晒，粗布衣上满是破洞、补钉。饭筐汤碗不时空着，但他却总是一副安闲自在的样子。常常写一些文章娱乐自己，辞句间颇显示出他的心志。不在意世俗的得失，希望就这样度过自己的一生。

赞说：黔娄的妻子曾说过这样的话："不因贫贱而忧伤哀愁，不为富贵而奔走乞求。"她的话，指的就是这个人一类的人吧？饮酒作诗，以使自己的心志得到快乐，他是无怀氏治下的人呢？还是葛天氏治下的人呢？

【点评】

《五柳先生传》是一篇虚构以自明其志的作品。名曰"传"，其实却与普通的传记很不相同。一般传记多写人生实事，宛如用散文写下的履历表，事事有头有尾，有根有据，顶多于精彩得意处写得详细，于平淡庸常处写得简略而已。《五柳先生传》则不同，虽说是记人记事，却显得相当笼统概括。只因陶渊明的关注中心不在于这个人干了些什么，而在于这是一个怎样的人，他要突出表现的是五柳先生的人生态度和人格境界。这是一种挣脱了世俗生活的重重羁绊，沉醉于生命自在的天然、淡泊、适意的理想境界。从梁萧统以来，人们已经习惯把《五柳先生传》看作是陶渊明生活"实录"，这当然有其道理，五柳先生的身上的确有陶渊明的影子，但是，他们并不完全重合。真实的陶渊明与五柳先生之间还是有一段距离的，真实的陶渊明还没有超脱得如此纯粹，多读几首陶诗就会看清。其实，与《桃花源记》是他的社会"乌托邦"一样，"五柳先生"表现的也只是他的一种人格理想。"五柳先生"是最适于生活在桃花源里的。因此，文章的末尾，作者自问："无怀氏之民欤？葛天氏之民欤？"这种人格理想的社会生活意义如何，我们不想在此评说，最后只想说一句：五柳先生的任性率真，真美！

《帝王世纪》云，伏羲之后女娲氏，亦风姓也。女娲氏没，"次有大庭氏、柏皇氏、中央氏、栗陆氏、骊连氏、赫胥氏、尊卢氏、浑沌氏、昊英氏、有巢氏、朱襄氏、葛天氏、阴康氏、无怀氏，凡十五代，皆袭伏羲之号"。五柳先生之向传说中渺茫无可稽查的无怀氏、葛天氏之民寻找认同，实际可称是对有史以来历朝王权政治的一种解构，而正是通过这种解构，才使得他将自己的生命解放到了一种随任自然的自由境界。

自祭文

　　岁惟丁卯①，律中无射②。天寒夜长，风气萧索，鸿雁于征③，草木黄落。陶子将辞逆旅之馆④，永归于本宅⑤。故人凄其相悲，同祖行于今夕⑥。羞以嘉蔬⑦，荐以清酌⑧。候颜已冥⑨，聆音愈漠⑩。

　　呜呼哀哉！茫茫大块⑪，悠悠高旻⑫。是生万物⑬，余得为人。自余为人，逢运之贫。箪瓢屡罄⑭，绤绤冬陈⑮。含欢谷汲⑯，行歌负薪⑰。翳翳柴门⑱，事我宵晨。春秋代谢，有务中园。载耘载耔⑲，乃育乃繁⑳。欣以素牍㉑，和以七弦㉒。冬曝其日，夏濯其泉。勤靡余劳㉓，心有常闲。乐天委分，以至百年。

　　惟此百年，夫人爱之㉔。惧彼无成，愒日惜时㉕。存为世珍，殁亦见思㉖。嗟我独迈㉗，曾是异兹㉘。宠非己荣，涅岂吾缁㉙？捽兀穷庐㉚，酣饮赋诗。识运知命，畴能罔眷㉛？余今斯化㉜，可以无恨㉝。寿涉百龄，身慕肥遁㉞。从老得终，奚所复恋㉟？

　　寒暑逾迈㊱，亡既异存㊲。外姻晨来㊳，良友宵奔㊴。

葬之中野，以安其魂。窅窅我行[40]，萧萧墓门[41]。奢耻宋臣[42]，俭笑王孙[43]。廓兮已灭[44]，慨焉已遐[45]。不封不树[46]，日月遂过。匪贵前誉[47]，孰重后歌[48]。人生实难，死如之何[49]？呜呼哀哉！

【注释】

①丁卯：南朝宋元嘉四年，公元 427 年。

②无射：古乐律名。古人以十二乐律配一年十二月，无射相当于九月。

③鸿雁于征：大雁南飞。征：行。

④逆旅之馆：旅馆，喻人生。

⑤本宅：指旧宅，指土中，大地。

⑥祖行：送行。

⑦羞：进献食品。

⑧荐：献送。清酌：清酒。

⑨候颜：察看脸色。冥：晦暗。

⑩聆音：听声音。漠：旷远。

⑪大块：大地。

⑫高旻：高天。

⑬是：此，指天地。晋皇甫谧《高士传·荣启期》："天生万物，惟人为贵，吾得为人矣，是一乐也。"

⑭箪瓢：竹筐和水瓢，古人的食器和饮器。罄：空。

⑮绨（chī）绤（xì）冬陈：冬天还穿着夏天的麻衣。绨：细葛布。绤：粗葛布。

⑯含欢谷汲：抱着快乐的心情从山谷里打水吃。谷汲：从山谷中

汲水。

⑰负薪：挑柴。薪：柴火。

⑱翳翳：昏暗的样子，这里形容寒微。柴门：贫寒人家的院门。

⑲耘：锄草。耔：为农作物苗根培土。

⑳乃育乃繁：繁育。乃：就，于是。

㉑素牍：书信，书籍。

㉒七弦：指琴。

㉓勤靡余劳：除了身体的勤苦没有别的辛劳。余：其他。

㉔夫：发语词。

㉕愒（kài）：贪恋。

㉖殁：死亡。见思：被思念。

㉗独迈：独行，指立身行事与世人想法不同。

㉘曾是异兹：竟然与这种想法不同。

㉙涅：染，污。缁：黑。

㉚捽（zuó）兀：挺拔的样子。穷庐：寒舍，破屋。

㉛畴能罔眷：谁能不眷恋。畴：谁。罔：无。

㉜余今斯化：我今天随化而去。化：自然的变迁。这里指死亡。

㉝恨：遗憾。

㉞肥遁：归隐，隐遁。

㉟奚：何。

㊱寒暑逾迈：寒来暑往。逾迈：运动，运行。

㊲亡既异存：死去和活着不同。

㊳外姻：外家，姻亲。

㊴奔：指奔丧。

㊵窅窅：晦暗的样子。

㊶萧萧：凄冷的样子。

㊷奢耻宋臣：以宋臣之奢为耻。宋臣，指春秋时宋国的大臣桓魋。据《孔子家语》记载："孔子在宋，见桓魋自为石椁，三年而不成，工匠皆病。春子愀然曰：'若是其靡也。'"这里是借之表达对厚葬之习的批判。

㊸俭笑王孙：以杨王孙的过于节俭为可笑。王孙，指杨王孙。据《汉书·杨王孙传》记载，杨王孙死前安排后事说："死则为布囊盛尸，入地七尺，既下，从足引脱其囊，以身亲土。"

㊹廓兮：空虚的样子。

㊺邈：远。

㊻不封不树：不起坟堆，不栽墓树。

㊼匪：非。前誉：生前的名誉。

㊽孰：谁。后歌：死后的歌颂。

㊾死如之何：死后又怎样呢？

【串讲】

这一年是丁卯年（南朝宋元嘉四年，公元427年），季节到了律配无射的九月。天寒夜长，天气寒凉冷清，大雁开始南飞，草木开始黄落。陶先生就要辞别寄居的人生，永归大地的怀抱。朋友们为他感到凄切悲伤，一起送行在今天晚上。进献给他鲜美的蔬菜，以及清淳的美酒。眼看着周围的人的面容越来越暗淡，听他们的声音也越来越渺远。

呜呼哀哉！茫茫大地，悠悠高天，滋生万物，我也因之有幸得为人类。但自我成为人类，却恰好碰到贫困的时运。饭筐、水瓢常常空着，冬天还穿着夏天的麻衣。即便如此，我也常常抱着快乐的心情在山谷里汲水，唱着歌

国学经典丛书第二辑

儿担柴负薪。隐居在寒微的柴门之内，安度我的夜晚和清晨。随着季节的从春到秋的变换，营理着田园间的事务。锄草培土，生长繁育。从读书得到欢欣，从弹琴得到心境的和谐。冬天晒着太阳，夏天沐浴清泉。除了身体的辛勤不再有其他的劳苦，心中常安闲宁定。乐于听从天命安排和享受分内的一切，就这样度过百岁人生。

只此百年的人生，人人都爱它。担心它一无成就，贪爱着每日每时。活着要为世人珍重，死后也要被他们怀思。可叹我独自行事，想法竟然与此完全不同。被世人宠爱不会给我光荣，受陷被污又岂能将我变黑？傲岸地生活在寒舍间，尽情酣饮赋诗。只要是懂得和了解命运的人，谁能不眷恋这有限的人生？我今天就这样随化而去，却可以没有一点遗憾。即使寿达百龄，也还羡慕隐遁。我现在从老年到寿终，又有什么值得特别留恋？

寒来暑往，岁月流逝，死去与活着当然不同。亲戚们一早赶来，好朋友也星夜来奔。葬埋我于荒野之中，安憩我的灵魂。我行走在渺渺冥冥之中，到达凄冷清肃的墓门。以宋臣桓魋的奢侈为耻，但也觉得汉人杨王孙的过于节俭有点可笑。一切都变得空荡荡的啊，生命已经死灭，令人慨叹啊，灵魂已经远去。不立坟堆，不栽墓树，人间的岁月就这样过去了。不珍视生前的美誉，谁还看重身后的歌颂？人生实在艰难啊，不知死后又会是什么样呢？呜呼哀哉！

【点评】

南朝宋元嘉四年（公元 427 年）九月，陶渊明感觉自己的生命已临近终点，遂作此文以自祭。虽然在他之前，中国文学中已不乏对死生问题的深刻思辨，像《庄子·至乐》描写的庄子鼓盆而歌、与骷髅对话；《楚辞·怀沙》叙述的屈原在南国沙滩上的伤怀永哀，都已以直面死亡为表达心志的重要手段，但在陶渊明之前，却仍然未有一个人像他这样以自祭的方式，从从容容告别世界人生。和庄子的视生命为负累，以死亡为安憩、为自由，和屈原的视死亡为烦忧的解脱不同，陶渊明面对死亡时的心境，更平和、更自然。细察庄子的达观，其通脱顺变里，其实仍包含着对现世生活的否定，屈原的一了百了中更萦结着永难挥去的愁怀郁结。陶渊明则全然不如此，临别之际，虽然也说到了达观，也说到了曾经的愁苦和"人生实难"的感慨，但更说到他对这个世界的留恋。即便包含着贫穷、短缺，包含着身体的劳累，他其实仍然无限地爱着这个人生：爱劳动，爱文艺，爱自然，爱饮酒，爱赋诗，就是到了生命的尽头，让他感到宽慰的仍然是"外姻晨来，良友宵奔"的日常生活伦理。虽然不贪寿考，不畏死亡，但自祭的重心所在，仍在对此生的回味。这是他不同于庄子、屈原的地方，也是他为中国人的生存意识带来的更为积极的内容。前人评此，突出陶渊明的"可以无恨""奚所复恋"，虽然不错，但还只是说到了问题的一面。陶渊明的伟大，不唯在超脱世俗，更在热爱平凡的人生。明乎此，才可以说真正了解了他在中国文化史上的独特意义。

　　苏轼《和读山海经十三首》有云："渊明虽中寿，雅志仍丹丘。远矣无怀民，超然邈无俦。奇文出纩息，岂复生死流。我欲作九原，异世为三游。"所谓"奇文出纩息"，正指的是这篇《自祭文》。纩，指绵絮，纩息指弥留之际的呼吸。古人临死，置纩于其口鼻之上，以验气息之有无。丹丘一词，最早见于屈原《远游》："仍羽人于丹丘兮，留不死之旧乡。"东汉王逸注："因就众仙于明光也。丹丘，昼夜常明也。"东晋玄言诗人孙绰《游天台山赋》上承屈原《远游》，说："吾之将行，仍羽人于丹丘，寻不死之福庭。"由此看，苏轼的意思仿佛是，陶渊明的高雅志趣是仙游于光明之境。又南宋葛立方《韵语阳秋》卷十二论及苏轼的这段评价说："不立文字，见性成佛之宗，达磨西来方有之，陶渊明时未有也。观其《自祭文》，则曰：'陶子将辞逆旅之馆，永归于本宅。'其拟挽词，则曰：'有生必有死，早终非命促。'其作《饮酒诗》，则曰：'采菊东篱下，悠然见南山。此中有真意，欲辨已忘言。'其《形影神》三篇，皆寓意高远，盖第一达磨也。而老杜乃谓'渊明避俗翁，未必能达道'，何邪？东坡论陶子《自祭文》云'出妙语于纩息之余，岂涉生死之流哉！'盖深知渊明者。"

这些以仙以佛比拟陶渊明的说法，与陶渊明的精神胸襟都难免隔膜。苏轼说"我欲作九原，异世为三游"，或不过是想就借此稍慰其《亡妻王氏墓志铭》说过的"君得从先夫人于九原，余不能"的遗憾。同时，也表达了他愿意和这个"无怀氏之民"作生死游、结生死交的心愿。这也可以说是陶渊明以《自祭文》绝笔，超越了人生难以逾越的生死大限，在八百年后的大文豪胸中产生出的一种深沉的回响。